ENTRE DEUX RIVES

RAZANE MARDINI

ENTRE DEUX RIVES

Roman

Imprimé à la demande par Amazon
Permis d'impression N° : MC-01-01-9808324
ISBN : 978-9948-25-365-5

Catégorie d'âge : +13
La tranche d'âge correspondant au contenu de ce livre a été classifiée et déterminée conformément au système de classification par âge publié par le Conseil national des médias aux Émirats Arabes Unis.

Éditeur : Razane MARDINI
P.O.BOX : 450227
Dubaï, Émirats Arabes Unis
E-mail : razane.mardini@hotmail.com

Ce roman est inspiré de faits réels…

À toi, mon premier lecteur,
À vous, mes deux fleurs,
À mon pays d'origine,
À mon pays de cœur...

*Le véritable exil n'est pas d'être arraché de son pays ;
c'est d'y vivre et de n'y plus rien trouver de ce qui lui
faisait aimer...*

EDGAR QUINET

AVANT-PROPOS

Ne me pleure plus maman…
Cette terre ne m'appartiendra plus…
Cette douleur… cette couleur… cette ardeur ne me concernera plus…
Votre monde est si étroit… je ne le supporterai plus…

Ne me pleure plus maman…
Là… où réside l'amour… tu pourras me retrouver…
Là… où la nuit rejoindra le jour… pour un voyage dissimulé…
Là… où plus de deuils… plus de cercueils… plus de larmes coulées…

Oui maman, l'amour est plus fort que la peur… que la mort… que la chair brûlée…

— Monsieur Mansour, suite à notre entretien, j'ai le plaisir de vous annoncer que vous faites, dès à présent, partie de notre grande famille. Félicitations !

— J'en suis très heureux et je m'engage à faire tout mon possible pour honorer votre confiance.

— Je n'ai aucun doute sur ce point. Vos motivations, vos qualités personnelles, votre savoir-faire et votre disponibilité nous ont unanimement convaincus. Mais il faut bien savoir qu'il y a un fossé entre votre désir de vous investir et la réalité sur le terrain. Vous en avez discuté avec mon collègue au téléphone et vous avez donc une idée précise de ce qui vous attend sur place. Vous devrez vous adapter à un environnement hostile et à toutes sortes de situations. Il faut donc vous y préparer très sérieusement !

— Ne vous en faites pas. Les informations que vous m'aviez fournies sont aussi bien claires que détaillées. Je peux sereinement vous confirmer que les conditions particulières qui m'attendent sur place ne me dissuaderont à aucun moment d'aller jusqu'au bout de cet engagement. Tout au contraire, cela m'encourage et me donne aussi l'envie et la force de me retrouver au plus vite sur le terrain, afin de servir ma vocation la plus ultime.

— Cela nous rassure. Sachez bien que la sécurité de nos confrères est notre priorité et nous ferons de notre mieux afin de vous la garantir. Mais, il arrive, hélas, que les circonstances ne jouent pas parfois en notre faveur et que des drames surviennent…

— Dans la vie, il y a toujours des prises de risques plus ou moins importantes. J'en suis tout à fait conscient et prêt à entamer ma première mission. C'est d'ailleurs la cause pour laquelle je suis venu ici et je la défendrai quel qu'en soit le prix à payer !

— C'est un plaisir de vous entendre dire ça M. Mansour. En toute franchise, votre profil fait partie des meilleurs. Vous êtes formé, motivé et célibataire, ce qui nous convient parfaitement au niveau du choix des terrains et de la durée des missions. Dans les jours à venir, vous devez vous attendre à une séance de préparation au premier départ ainsi qu'à des formations techniques et spécifiques complémentaires. Vous serez ultérieurement contacté pour une mission adaptée à votre profil, avec tous les détails et toutes les informations qui vous seront utiles. Soyez dans l'attente !

— Je n'y manquerai pas !

*

Pour la première fois de ma vie, j'éprouve l'envie, ou peut-être le besoin d'écrire. Pour la première fois de ma vie, je suis le maître de mon destin et de mon avenir.

Sur cette feuille blanche, je relate mon histoire, je fouille ma mémoire, j'étale mes souvenirs. J'y défie le monde sans contraintes ni limites. Mon arme est puissante, mon but est défini, je ne vais ni le changer ni le bannir.

Comme le balancement de ce train, ma vie s'est basculée du jour au lendemain. Amir Mansour, jeune Syrien, je prenais ma vie en main lorsqu'un maudit sort m'a tapé très fort. Histoire de vie, de mort, des choix et du remords.

J'ouvre mon journal intime, j'y dévoile, une fois pour toutes, le meilleur et le pire. J'écris mon passé, afin d'en guérir et de fermer ce chapitre à mourir.

Tout commença un jour d'un printemps baptisé arabe... et le reste à venir...

PREMIÈRE PARTIE

DAMAS 2011-2013

1

Le compte à rebours avait commencé ! Quelques heures seulement me séparaient de l'événement le plus fort de ma vie : l'inauguration officielle de mon cabinet de médecin ! Une petite cérémonie d'ouverture, pour laquelle de très hautes personnalités de la filière médico-sociale se joindraient à moi, ma famille et mes connaissances, afin de découvrir ensemble le nouveau visage de ce bien, passionnément restauré pour un jour tant attendu. Ravi de recevoir mes premiers patients, je devrais être en pleine activité dès le lendemain matin.

Quelques détails à vérifier, quelques préparations à terminer, avant de goûter à ce bonheur intense, et voir le moment que j'avais mille fois dessiné dans ma tête, une réalité indéniable et un présent sûr et tangible. Comme un triomphant empereur le jour de sa gloire, je n'arrêtais pas de m'imaginer sur place, une flûte de champagne à la main, flânant d'une pièce à l'autre, en train de montrer fièrement à mes invités le fruit de notre travail collectif, mon frère Nidal et moi, au fil de longues et dures années, garnies de patience et vaincues avec foi et constance.

Prenant place sur ma petite chaise dépliable, je m'étais installé sur le petit balcon de mon appartement damascène, donnant directement sur la rue de Bourj-Al-Rousse, afin de bénéficier des dernières heures de tranquillité avant une soirée s'annonçant riche en émotions et en rencontres.

Avec le calme qui régnait sur le quartier, on pouvait difficilement croire qu'on était sur l'une des rues les plus bruyantes et les plus tumultueuses de la capitale. En ce vendredi matin, une longue file de véhicules, accompagnés de coups de Klaxon assourdissants, avait gracieusement cédé la place aux quelques fidèles en longues djellabas blanches, en route vers la mosquée voisine d'Al-Amara, et l'esprit agité d'un quotidien fiévreux avait volontairement déclaré sa trêve, se préparant pour la prière de midi, suivie d'une journée baptisée famille et repos.

"La Tour des têtes" ou la traduction française de Bourj-Al-Rousse. Le nom de mon quartier est une dénomination ancienne remontant à l'époque des Mongols, lorsque Tamerlan le Conquérant prit d'assaut Damas, y coupa les têtes de ses hommes et en bâtit une tour afin de semer la terreur dans les cœurs fragiles de ses habitants. Plus de six cents ans après, mon quartier résidentiel ne garda de cette scène que l'appellation, mais son quotidien en refléta totalement le contraire. Ce morceau de ville, où je suis né, où j'ai vécu et grandi, constituait un véritable creuset de tous les composants de la société damascène. À deux pas du vieux Damas, entouré et enlacé d'histoires, le berceau de mon enfance ressemblait à une véritable ruche d'abeilles, où les lieux de cultes musulmans s'étaient mariés aux églises et sanctuaires chrétiens, où les voix des imams et le carillon des cloches voisines jouaient conjointement la paisible symphonie de la tolérance et du vivre-ensemble, depuis des siècles jusqu'à nos jours.

Jouissant cette sérénité de ce jour de week-end, je me délectais du moment présent et savourais une quiétude dont j'aurais immanquablement besoin dans les prochaines heures. Tout me sembla si relaxant et réconfortant, me promettant une bonne fin pour un bon début. Nul ne douta que derrière le voile de cette tranquillité se cachait le visage de l'horreur et de la violence, et que ces moments de calme ne seraient bientôt qu'un beau souvenir lointain, d'un pays qui dormait sur la braise et qui rêvait d'un avenir radieux digne de son histoire…

*

Un peu plus tard, vautré devant la télévision, dans la recherche d'une émission pour me divertir, je tombai sur une chaîne d'informations diffusant en direct des scènes montrant des centaines de manifestants, descendus dans les rues de plusieurs villes syriennes, y compris Damas, protestant contre le régime au pouvoir et réclamant sa chute.

Ébahi, médusé, j'écarquillai mes yeux et fixai mon regard sur l'écran, afin de vérifier s'il s'agissait bien du mot "Damas" affiché en bas de l'écran. Je tentai de reconnaître les rues où la foule s'était mobilisée, de m'identifier à travers les visages. Sans doute, tout me confirma que ces scènes se diffusaient, bel et bien, depuis notre propre sol !

Quiconque connaissait la nature du régime régnant en Syrie depuis plus de quatre décennies savait que ces rassemblements n'allaient, certainement pas, se passer sans avoir de graves conséquences, étant donné que la liberté d'opinion et d'expression y était strictement limitée et même réprimée. Une mobilisation comme celle-ci, inédite, en message et en acharnement, allait de toute évidence, provoquer un bouleversement, favorable ou hostile, au sein du théâtre politique et social de notre pays.

Néanmoins, et malgré toute la stupéfaction et l'ébahissement qu'il aurait pu susciter chez les téléspectateurs, ce mouvement avait au préalable annoncé son imminente arrivée, comme un tremblement de terre qui se faisait pressentir par des signes précurseurs. Toutefois, beaucoup de Syriens – dont je faisais partie – ne s'attendaient pas à ce qu'il se produise avec une telle véhémence et une telle vélocité. Une ignorance de leur part ? Certainement pas ! Je dirais qu'ils avaient, délibérément ou inconsciemment, chassé l'idée d'un éventuel trouble de leurs pensées, parce qu'au fond d'eux, ils redoutaient le pire !

Presque trois mois depuis que ce jeune Tunisien, vendeur de fruits et légumes, s'était immolé par le feu, contestant contre les conditions de vie difficiles dans son pays et dont il était la première victime ! Juste trois mois avant que ce modeste marchand ne devienne l'emblème de toute une génération et le plus influent de tous les leaders et meneurs, attisant avec son geste non calculé des incendies dépassant ses propres frontières.

Un mois plus tard, la révolte du peuple s'était étendue en Égypte et puis en Libye… Et nous voici là. Certes, nous ne ferions pas exception ! Car le virus des mouvements populaires s'était rapidement propagé dans le monde arabe et cette fois-ci, c'était à notre tour de le contracter.

Il y avait aussi des incidents préoccupants, prémonitoires, circulant en Syrie en synchronisation avec les ébullitions voisines ; des exactions inédites dans la ville de Deraa dans le sud du pays[1] et un seuil de violence fraîchement franchi, déclenchant ainsi nos alarmes intérieures et nous alertant sur notre propre feu !

Alors que mes yeux ne parvenaient toujours pas à se détacher de l'écran, une voix se leva dans ma tête et entama un monologue de questions ; des doutes qui se traduisirent sitôt en insistantes réflexions, reflétant une angoisse cachée et une peur dissimulée :

« Ce mouvement deviendrait-il plus ample, n'allant pas tarder à se généraliser et s'intensifier partout dans le pays, où notre régime s'est déjà suffisamment immunisé contre toutes les éventualités ? »

« Serions-nous épargnés ou le chaos et la violence s'inviteraient bientôt sur notre territoire, bouleversant ainsi un quotidien assez fragile et impotent ? »

« Devrais-je me réjouir de pouvoir enfin m'attendre à un changement de fond, qui démolira un système souillé de corruption et de répression, ou plutôt m'angoisser à l'idée des conséquences encourues d'une telle mobilité ?! »

« Pourquoi à ce moment-là ?! Lorsque je m'apprête

---

[1] Les événements de Deraa en février 2011 : lorsqu'enthousiasmés, des enfants ont tagué sur les murs de leur école la fameuse phrase déclenchant la révolution syrienne : "Ton tour arrive, docteur !", adressée au président Bachar Al-Assad, un médecin-ophtalmologue avant d'être investi président de la Syrie.

à voir mon rêve d'enfance devenir une incontestable réalité ?! Quand la vie semblerait m'ouvrir les bras et l'avenir m'apparaîtrait sûr, rassurant et souriant ! »

« Mes craintes sont-elles légitimes, ou ce ne sont que des obsessions injustifiées d'un jeune immature ignorant le vrai pouvoir de son modèle syrien ?! »

Une fois lancées, ces réflexions n'avaient pas l'intention de se taire ou de vouloir se calmer. Leur bourdonnement m'étourdissait la tête et commença à peser lourd sur un esprit fragilisé, ne parvenant plus à contenir ce flux incessant et infini des questions.

Atterré, je pris la tête dans mes mains, un tremblement étrange s'empara de moi et des frissons glacials me parcoururent le corps, m'empêchant ainsi de bouger. J'éteignis la télévision, m'accordant un moment de silence, le temps de remanier mon chaos intérieur et de le remettre en ordre. Une pause incontournable afin de pouvoir assimiler l'inattendue nouvelle et enterrer la détresse qui l'accompagnait dans une boîte bien scellée, dans les profondes ténèbres de mon esprit. Puis, d'un seul rebond, et après avoir pris la force dont je manquais tout à l'heure, je me relevai, déterminé à réussir ma soirée imminente, à rester optimiste et garder espoir...

*

Trente minutes avant le début officiel de la cérémonie, prévu à 18 h.

En compagnie de ma mère et de mon frère Nidal, j'avais pris la voiture en direction du quartier prestigieux d'Al-Abed, dans le centre historique de Damas. Donnant directement sur cette rue, dans l'une des zones les plus peuplées et les plus prisées de la capitale, et à peine une quinzaine de minutes du Parlement et du ministère de la Communication, mon cabinet où se tenait la soirée représentait pour moi le bien idéal, impeccablement situé, dans lequel je rêvais depuis mon enfance de travailler. Une opportunité immense, longuement recherchée et minutieusement choisie, afin que le confort et les commodités soient mes premiers alliés dans mon long parcours vers la réussite et le succès.

Me dirigeant vers le centre-ville, les rues me semblaient inhabituellement désertes et calmes. C'est vrai qu'on était vendredi, néanmoins la situation tendue dans le pays et les manifestations acharnées du matin avaient de toute évidence laissé un impact, aisément décelable, dans l'esprit collectif des habitants. Prudents, ils avaient apparemment été unanimes à préférer rester chez eux et suivre craintivement l'évolution des événements sur leurs écrans.

Le cœur serré, j'eus beau chercher à me distraire en me concentrant sur les prières et les louanges adressées à la Vierge Marie, rebattues sans cesse par les lèvres de ma mère, déplaçant assidûment ses doigts sur les grains d'un petit chapelet tenu à la main.

Décelant ma tension à peine maîtrisée, Nidal tenta de me rassurer en me donnant tendrement une petite tape sur l'épaule et me lançant :

— Ne t'inquiète pas habibi[2], tout va bien se passer !

Feignant l'approbation, j'esquissai un pâle sourire, aussi vite dessiné que dissipé, et entrepris le chemin vers la place de Sabaa-Bahrat, le dernier rempart avant d'atteindre mon ultime destination.

Rendus sur place, on se fit intercepter pour un contrôle d'identité par des membres des forces de l'ordre, inhabituellement postés ici, dressant des barrages et encerclant la place, entravant ainsi tout accès aux quartiers desservis. Avec sa somptueuse banque centrale syrienne – l'emblème économique du pays, cette place était sans doute au centre de toutes les préoccupations ! Son emplacement sensible au centre de la capitale, et sa proximité avec plusieurs ministères et d'importantes institutions gouvernementales, avaient de toute évidence déclenché la crainte du régime et déchaîné ces mesures excessives de sécurité.

---

[2] Habibi : Terme d'affection en arabe signifiant "mon amour" ou "mon cher".

Dépassant les gardes, on avait enfin pu gagner notre destination et il ne nous restait plus qu'une dizaine de minutes avant que les premiers invités ne commencent à défiler…

*

Une fois rentré dans le cabinet, j'éprouvais sur-le-champ une sensation réconfortante de bien-être se substituant à celle de découragement et d'embarras que je ressentais tout à l'heure. Je regardai soigneusement autour de moi, tout était si bien fait, fabriqué à la perfection, avec un goût reflétant ma personnalité et mes exigences.

« Ce n'est pas un lieu de travail ordinaire ! » songeai-je en balayant la pièce de mes yeux et en contemplant l'homme de cran et d'exception, suspendu sur l'échelle, en train de vérifier, pour la dernière fois, le bon fonctionnement de l'éclairage avant le début de la soirée. Ce cabinet représentait pour moi un don de vie, celle de Nidal pour moi.

Deux frères uniques, inséparables, Nidal et moi étions tellement différents, mais tellement proches ! Étant le fils cadet, je lui portais une très grande considération et un indéfectible respect, car il avait en lui quelque chose de différent, que l'on ne trouvait pas dans les fratries ordinaires ; une sorte de sagesse, de tendresse, de maturité précoce et de générosité infinie. Peut-être que la mort hâtive de notre père – un salarié modeste, de la classe moyenne – suite à un long combat avec un cancer des poumons l'avait lourdement marqué. Peut-être que cette dure épreuve avec la rude responsabilité qu'elle lui avait donnée l'avait fait grandir et mûrir avant son âge.

Alors qu'il n'avait que dix-huit ans, Nidal avait dû œuvrer seul, à bout de bras, le jour comme la nuit, afin de subvenir à nos besoins, ma mère et moi et nous offrir une vie digne, loin de la pauvreté et de la privation. D'une volonté de fer et d'une patience de pierre, il avait de plein gré abandonné ses études afin de financer les miennes. Travaillant comme technicien en électricité, il avait beaucoup donné, sans compter, dans le seul but de me voir le médecin qu'il n'avait pas pu être. Tout ce que j'étais et j'avais, je le devais à lui. Mon cabinet aussi, ce joyau hors de prix, je n'aurais jamais pu l'avoir sans son aide matérielle et morale. Si j'avais un seul vœu dans la vie, ce serait de pouvoir un jour lui récompenser l'altruisme et le dévouement qu'il m'avait sans limites accordés.

Trente minutes déjà passées, personne n'était encore arrivé…

Le stress monta d'un cran ! …

Soudain, des acclamations et des ovations se firent entendre en permanence et en forte intensité dans la rue en bas, interrompant ainsi le silence monacal qui régnait sur une atmosphère tendue, dans l'attente prolongée du premier invité. Je me précipitai vers la fenêtre dans le but de comprendre l'origine de ce tumulte. Au même moment, une nuée de personnes arborant des portraits du président Bachar Al-Assad et hissant des drapeaux syriens en l'air passèrent en dessous de mon cabinet. Des manifestants, ostensiblement pro régime, qui s'étaient de toute évidence mobilisés en réponse aux rassemblements du matin, exprimant leur indéfectible soutien au pouvoir et scandant d'une seule voix : *"Avec notre âme, avec notre sang, nous nous sacrifierons pour toi Bachar[3] !"*.

Ma tête commença à pulser ! Que devais-je faire ? La situation me sembla empirer de plus en plus. Un incident inattendu, non calculé et une journée hors norme devraient sans nul doute impacter l'arrivée des invités !

Décidé à voir le verre à moitié plein plutôt qu'à moitié vide, je tentai de garder mon optimisme et mon équanimité extérieure, m'évertuant à dissimuler mes craintes et cacher ce que j'avais dans les tripes. Un camouflage nécessaire et un déguisement plus que requis, afin de ne pas attiser l'inquiétude de ma mère

---

[3] Une ovation publique convenue en Syrie en soutien au président syrien Bachar Al-ASSAD.

et de mon frère, étant visiblement plus navrés que moi.

Vers 20 heures, et après avoir péniblement reçu quelques invités aux visages perplexes et crispés, je fermai le cabinet plus tôt que prévu, dans la détresse et la déception totale.

Le chemin du retour se montra aussi désert que celui de l'allée. Les routes de Damas s'étaient drapées en noir, et les fantômes d'angoisse et de circonspection y jouissaient de la liberté de circuler.

Rentrant chez moi, je gagnai ma chambre, m'isolant dans l'obscurité et me hasardant à échanger bruyamment avec mon esprit, en une nuit qui s'annonça loin d'être terminée.

2

Les jours se succédaient et le quotidien damascène vacillait entre l'appréhension et l'incertitude. Les rassemblements gagnèrent en nombre et en intensité. Chaque vendredi, dorénavant, fut le terrain de nouvelles revendications et confrontations. Intitulé selon la cause plaidée, il se vit déserté par les piétons, envahi par les protestants sortant des lieux de prières, transformés en cuvettes d'appel et de soutien. Et bientôt, je réaliserais que le fameux "Vendredi de la Dignité", coïncidant avec le jour même de l'inauguration de mon cabinet, n'était, en effet, que le premier jour d'une révolution dite de printemps, métamorphosée en un automne cendré, aux feuilles mortes éparpillées par le vent !

J'entamai ma carrière de médecin en gardant soucieusement l'œil de l'observateur sur l'évolution des événements. Chaque lever du soleil me représenta un nouveau défi et l'espérance d'une accalmie ou d'une désescalade se montra peu à peu infime.

Au fur et à mesure que le temps passait, les manifestations pacifistes marquant le début des rassemblements cédèrent la place, sous l'influence de plusieurs facteurs, notamment la répression intérieure et l'ingérence et le financement extérieur, à une rébellion armée épaulée par des groupes extrémistes et fondamentalistes. Ces derniers avaient manifestement exploité la révolution, en se repliant sous sa bannière et en profitant pour réaliser leurs propres fins, loin trop loin de ce qui était légitime, réclamé au commencement des mobilisations.

La banlieue de Damas fut, entre autres, l'une des terres fécondes, au climat propice à la prolifération et à l'expansion de ces mouvements. Les insurgés l'avaient prise pour bastions, chambres d'opérations et mine de fabrication d'obus et de projectiles. C'était par cet emplacement confinant la capitale que tout se coordonnait et tout se jouait ; un assaut projeté ou une frappe ciblée. À vrai dire, c'était depuis leur tanière que les rebelles envoyaient des missiles vers la ville voisine et y recevaient des attaques aériennes de l'artillerie du régime.

Avec ces combats hors normes, sans précédent, nous, damascènes, apprîmes déplaisamment à vivre différemment, au rythme des assauts prévisibles des bombes et des mortiers, s'abattant sur la ville sans frein, à la recherche permanente d'une proie quelconque. On vivait ainsi, en cadence hésitante ! Toute sortie de chez soi, tout acte banal ; aller au travail, acheter son pain, ou même sortir le chien… nous représenta un risque accru de mort. Personne n'en fut épargné, petits comme grands, écoliers comme vieillards. Les tirs aveugles ne distinguaient pas entre viril et puéril, ils se virent débarquer sur n'importe quel civil se trouvant au mauvais endroit au mauvais moment.

À Damas, chez moi, nos jours se déroulèrent dans l'attente permanente d'une mauvaise nouvelle ou d'un sort malveillant, et nos nuits s'assombrirent du deuil et du chagrin. À Damas, chez moi, nous n'assistions pas à une vraie guerre au vrai champ de bataille, à laquelle on pourrait échapper, en respirant momentanément entre les cessez-le-feu, ce fut une alarme persistante, un état d'urgence continu, dans lequel on perd sa vie pour crime de vie, tout simplement !

*

« On ne pourrait se proclamer humains, dignes de cette créature, si on ne parvenait pas à réconcilier sagesse et puissance… »

C'est ce que je répétais chaque jour, à plusieurs

reprises sans fatigue ni ennui à tous les gens avec qui j'échangeais sur ce qui concernait la crise émergeant dans le pays :

« Faire preuve d'une maturité politique et de respect de l'autre, partage-t-il notre point de vue ou soit-il contre, est la clé primordiale si nous voulons sortir de cette impasse, avec le moins de dégâts possible… »

« Bannir le langage de la force et de la violence est indispensable et requis dans nos pensées avant nos actes, citoyens syriens, soyons-nous pour ou contre le régime ! »

Même dans les esprits les plus rigides et les plus enfermés, je ne me lassais pas de semer mes idées sur l'importance de l'acceptation d'autrui et de profiter de sa différence, afin de bâtir la nouvelle société de justice, de liberté et d'égalité dont on rêvait tous. Cela faisait partie de mon caractère insistant et obstiné ! En vérité, avec le climat politique tendu et inédit régnant aussitôt dans le pays, les relations humaines, même celles les plus scellées et les plus consolidées, se virent peu à peu divergentes, fragilisées et même parfois rompues, faute d'un accord ou d'une concordance par rapport aux mobilisations récentes et à la réponse – convenable ou pas – du régime face à elles.

Bref… tout ce qui concernait la révolution, sa

légitimité, ses causes et ses issues devint le seul sujet de débat aussi bien sensible que conflictuel auquel le peuple n'était pas du tout habitué après plus de trente ans de jeûne politique. De ce fait, chaque mésentente entre amis, désaccord entre voisins ou malentendu entre frères, fut pris spontanément comme une atteinte explicite, calomnieuse, à l'unité nationale, évoquant la controverse et la dispute.

Un nouvel état d'esprit se vit naître au sein de notre société "après-révolution", ce fut celui de la peur de l'autre, le préjugé, lui affligeant toutes sortes de traîtrise et de perfidie, s'il allait juste dans ses convictions contre le sens de notre perception de la réalité, notre vision de la situation ou nos analyses politiques des derniers événements, leurs vrais motifs et leurs adéquates répliques.

La méfiance et la prudence devinrent la devise prédominante dans le pays, et le schisme entre les gens se traduisit dans leurs esprits avant d'être incarné dans leurs attitudes et leurs comportements.

Néanmoins, malgré le vif acharnement et la violente opiniâtreté auxquels je devais quotidiennement faire face, je continuais à prôner, défendre et opter pour le dialogue, le seul collier de sauvetage que je voyais capable de soustraire mon peuple aux dérives de la discorde et de la désunion et de le mettre au rang de la citoyenneté et de l'avancement.

3

Nonobstant les espoirs et les pieuses prières, toutes les promesses d'une accalmie ou d'une entente entre régime et opposition restèrent lettre morte. Le pays fonça dans un tunnel sombre de violence, qu'il n'avait jamais connu auparavant. La révolution avait pris la forme d'un conflit armé, de multiples factions aux multiples dénominations mettant le pays à feu et à sang et le parsemant d'un lot d'horreur et de destruction sans précédent.

Toutes les exactions y furent permises, entre massacres et carnages, le peuple fut la seule victime ! Petit comme grand, riche comme pauvre, partisan ou opposant, ou même d'une position neutre, chacun de sa place subissait les conséquences dévastatrices de ce conflit, transformé aussitôt en une guerre civile broyant tout le monde, sans distinction aucune.

Le sol de la Syrie vert et fécond qui avait vu naître les premières civilisations embrassant la vie et entamant la roue de la construction, fut ainsi transformé en un terrain de guerre rouge et stérile, prônant la destruction et prenant pour cible les civils et les innocents, transformant leurs vies en un vrai cauchemar apocalyptique sans fin…

Toutes les villes syriennes, sans exception, avaient dû en porter le fardeau, que ce soit par massifs bombardements ou du fait d'attaques latentes.

Damas, le bastion du pouvoir, faisait partie de ces villes où il n'y avait pas de combats apparents, où la vie se déroulait de façon tout à fait ordinaire. Un quotidien trompeur rendant difficile à croire la terrible réalité que vivaient les Damascènes tous les jours ; un calme prudent oscillant entre deux obus de mortier, un ciel bleu soudainement zébré par les balles perdues des tireurs bien embusqués et des rues brusquement cramoisies par les flammes des voitures piégées explosant sans alarme en pleines matinées.

Ce quotidien je le vivais comme tous mes concitoyens, dans la peur et la stupéfaction. Il m'arrivait même de devenir obsédé par ce phénomène de voitures piégées, craignant d'en être la prochaine victime, à un moment où, outre les grands officiers de l'État et les hauts fonctionnaires de la société, les cadres intellectuels étaient aussi devenus une cible privilégiée des attentats, afin de paralyser la ville et d'y semer la terreur et l'émoi parmi ses habitants.

L'emplacement de mon cabinet, dans le centre administratif et économique de la capitale, amplifia en fait cette angoisse en moi, à un point où, chaque fois que je voulais prendre ma voiture, je l'examinais scrupuleusement de tous les côtés, afin d'être sûr qu'il n'y avait pas de bombe nichée quelque part, allant me transformer en cendre et poussière, faute de ne pas avoir eu conscience de sa présence !

Veillant à ne pas montrer cette nouvelle manie – peut-être un peu excessive – à ma famille, je pratiquais ce rituel à la dérobée, quotidiennement, même si au fond de moi je savais que cela ne servirait à rien, avec mon absence de connaissances en tout ce qui concernait les explosifs et les équipements militaires.

*

Petit à petit, jour après jour, notre vie se dégrada de plus en plus. Les affrontements entre régime et différentes sortes d'opposition ne voulaient ni cesser ni prendre de répit.

Visages accablés, esprits apeurés, les gens côtoyaient la mort comme si elle était une part intime de leurs vies ! On pleura quotidiennement quelqu'un, on enterra quotidiennement quelqu'un, on ramassa quotidiennement les morceaux de quelqu'un et on pria quotidiennement Dieu que nous ne soyons pas ce prochain "quelqu'un" !

Les actualités des attentats, les scènes des villes entièrement ravagées et des cadavres inondés de sang, passèrent sur les écrans au même titre que de banals faits divers, auxquels même les enfants s'étaient habitués ! Entre eux, le jeu à la kalachnikov prima largement tous les autres, et leur interprétation des vrais combats dépassa sans concurrence les meilleures mises en scène des meilleurs acteurs du cinéma !

Vivre en sécurité fut tout simplement devenu un rêve d'antan ! Le rapt commença pareillement à fleurir comme une arme de combat aussi efficace que lucrative. À proprement parler, en ces moments de guerre, où le chaos régnait en maître, où toutes les pistes s'étaient embrouillées, enlever quelqu'un ne s'était jamais montré plus facile ! Les ravisseurs pouvaient appartenir à tous les camps du conflit et leurs motifs se révélèrent politiques, fanatiques et crapuleux. Sans retenue, ils pratiquaient leur activité n'importe où, n'importe quand, et n'importe qui pouvait être leur victime ! Selon son profil, l'otage serait exécuté ou libéré après avoir préalablement versé une rançon importante, définie par ses kid-nappeurs.

Et comme si ces calamités ne suffisaient pas aux pitoyables Syriens, le boycott économique et la suspension de tout trafic, aérien, maritime ou terrestre, en provenance et à destination de plusieurs pays frappèrent à notre porte et nous annoncèrent un isolement assuré du monde entier ! Les ambassades fermeraient bientôt leurs grilles, et les missions diplomatiques rentreraient chez elles pour une durée indéterminée !

Et quand on dit guerre, on dit aussi effondrement économique ! Le coût de la vie devint de plus en plus cher, et la coupure récurrente, de longues heures d'affilée, d'eau et d'électricité, rendit nos vies de plus en plus difficiles.

S'accommoder avec ces nouvelles fatalités se montra à présent le grand défi des Syriens ! Un tas de changements drastiques nécessita effectivement un tas de mesures d'urgence !

Exprimant leur engagement, de plus en plus de jeunes portaient des armes et rejoignirent les rangs du régime ou de l'opposition. Chacun était libre de son choix et devait en assumer la pleine responsabilité !

Forcés ou décidés, des milliers de personnes, parfois des familles tout entières, avaient dû fuir les combats, quittant leurs villes, villages et maisons. Peu importe le moyen et la destination ! Terre, mer ou air, on se servit de tout afin d'échapper à une meule inassouvie, écrasant le plus grand nombre d'âmes sans pitié ni compassion !

N'échappant pas à la règle, le visage de Damas fut,

lui aussi, complètement altéré ! Il ne fut plus celui d'une ville indocile, grouillante de vie depuis des millénaires. Parsemés partout, les barrages des forces de l'ordre s'étaient implantés dans tous les quartiers, aux entrées comme aux sorties de la ville, afin d'y empêcher une éventuelle infiltration des membres des groupes de l'opposition. Routes barrées, immeubles troués, rues creusées témoignant d'une grenade explosée ou d'un projectile lancé, on reconnut à peine sa ville qui l'avait vu naître !

Une nouvelle réalité plus difficile à décrire qu'à vivre ; notre beau pays souffrait, souffrait très fort, et plus personne ne savait quand il serait rétabli…

4

Depuis le début de la guerre toutes les autorités spirituelles nous exhortaient en tant que chrétiens d'Orient, les descendants des premiers chrétiens de l'histoire, à ne pas céder à la peur, ne pas quitter notre terre d'origine et ne pas faire part des conflits communautaires et idéologiques tout en défendant notre identité unique en tant que chrétiens arabes constituant une partie indivisible de l'entité de ce pays riche et multiconfessionnel. À l'instar de nos ancêtres, subissant tous les massacres et demeurant ancrés à leur sol, il fallait – à leur avis – que nous aussi fassions preuve de foi et de patience, en gardant notre appartenance et notre héritage authentique et en les transmettant en toute fierté aux générations à venir.

Un appel qui fut loin de faire l'unanimité dans les esprits de ses auditeurs, puisqu'il suscitait autant de dissidence que de concorde. Certains le trouvaient absurde, dénué de toute logique, une volubilité ne servant qu'à faire des harangues pompeuses, moralisatrices, loin de l'amère réalité que vivaient les gens tous les jours. D'autres, par contre, l'adoptaient, le défendaient et voyaient même dans ce qui se passait dans le pays une part d'un plan international dépassant nos frontières, d'une stratégie de grande envergure, pernicieuse et délétère, visant à vider l'Orient de ses chrétiens et à semer la discorde et le conflit parmi le reste de ses composants.

En ce qui me concernait, et mis à part tout ce que les instances religieuses disaient, prêchaient et recommandaient, la perplexité et le refus furent mes premières réactions lorsque le fantôme de l'exil me vint à l'esprit. Quitter le pays me représenta un déni de moi-même, de mon histoire et peut-être de mon avenir. Je ne me voyais pas ailleurs, malgré tout le risque que je prenais en restant ici. Je ne me voyais en aucun cas troquer l'atrocité du connu contre l'imprévisibilité de l'inconnu, et je préférais indubitablement l'inconfort d'un présent incertain, ballotté entre la mort et la vie, à l'avantage d'un futur sûr, oscillant entre la solitude et l'acclimatation.

Cette terre millénaire qui avait enlacé mon enfance, ces rues fendillées qui m'avaient vu grandir, ce parfum divin du jasmin qui m'emportait en souvenirs, tout cela me logeait, m'habitait et constituait une partie indissociable de mon être. Un sentiment de trahison, de perte et de deuil me torturait chaque fois que je pensais à partir. Une frustration intime et un reniement de mes racines me hantaient en m'imaginant quelque part loin des miens, à regarder leur malheur sans pouvoir intervenir. Cette capitale antique, ma Damas, fut depuis toujours habituée aux tribulations, aux chutes ainsi qu'aux relèvements. Je savais qu'elle saurait se redresser comme elle l'avait fait depuis l'aube de l'humanité. Et moi, son fils fidèle, je ne la lâcherais pas lors des épreuves ! Je serais là au moment de son rétablissement et de sa convalescence. Je serais là au moment de sa décadence comme je le serais, inévitablement, au moment de sa renaissance !

Néanmoins, cet acharnement-là, mon frère Nidal ne le comprenait pas. Il était autant attaché à notre pays que moi, mais il voyait les choses différemment. Il estimait que rester ici était un sacrifice, un risque accru et un danger imminent. Il le considérait comme un suicide, précipité ou reporté. Pour lui, rien ne valait la vie d'une personne, tout particulièrement si cette personne était son frère ! Plus d'une fois, nous nous étions accrochés sur le même sujet, sans pour autant que l'un d'entre nous réussisse à convaincre l'autre de son point de vue, ou que nous nous mettions d'accord sur une entente commune, nous convenant tous les deux à la fois !

Un entêtement et une prise de position que je n'étais pas prêt à changer malgré le grand événement, sans précédent, qui allait venir ébranler le pays tout entier et verser de l'huile sur le feu déjà attisé depuis plus de seize mois…

5

18JUILLET 2012

DAMAS – (SANA) :
**« Urgent – Un attentat suicide a visé le siège de
la Sécurité Nationale dans le quartier d'Al-Rawda
à Damas, lors d'une réunion des ministres et des
hauts responsables de la sécurité de l'État. Un
certain nombre de personnes ont été tuées, parmi
lesquelles le ministre de la Défense. Et d'autres
sont grièvement blessées. »**

Passant ostensiblement en bas de l'écran, la couleur
rouge de la bande-annonce, diffusée en direct, attira
brusquement notre attention. Ébahis, ma mère, Nidal et
moi nous nous regardâmes l'un l'autre dans un état de
sidération totale, puis portâmes nos regards simultanément vers la source de cette nouvelle, en face de
nous. Attablés, dans la cuisine ouverte, en train de
prendre un petit déjeuner accompagné de sa dose

d'infos matinales, nous abandonnâmes notre repas et nous dirigeâmes à vive allure vers la salle de séjour, où se trouvait la télévision, allumée à l'accoutumée dès notre réveil.

D'une voix grave et d'une mine solennelle, la présentatrice de la chaîne de télévision officielle syrienne commenta le fait en continu et en temps réel, pendant que nous attendîmes avec impatience d'autres précisions quant au lieu du drame.

Quelques heures plus tard, l'histoire fut complète et il ne restait qu'à identifier l'auteur et les modalités ; [4]une opération jusqu'à présent non revendiquée avait frappé le siège de la Sécurité Nationale, un bastion impénétrable du pouvoir à Damas. Suite à laquelle, de très hauts responsables de la Sécurité de l'État avaient perdu la vie. Un attentat aussi bien puissant qu'inédit ayant suscité un tollé de réactions nationales et internationales et ouvert la porte sur une cascade torrentielle de questionnements et d'inquiétudes :

« Que pourrait-il advenir après cette infiltration

---

[4] Attentat du siège de la Sécurité Nationale à Damas le 12 juillet 2012, dans lequel le ministre de la Défense Daoud Rajha, le vice-ministre de la Défense et le beau-frère du président syrien Assef Chawkat, le chef de la Sécurité Nationale Hicham Ikhtiar et le chef de la cellule de la crise le général Hassan Turkmani ont été tués.

sans précédent dans les rangs du régime ? Comment allait-il réagir ? Cet attentat marquerait-il un tournant significatif du conflit syrien ? Les rebelles se retrouveraient-ils bientôt sur Damas ? Devions-nous nous attendre à de véritables combats auxquels nous n'avions pas encore assisté ? »

Pendant que le tumulte des infos, des condamnations, des analyses et des accusations se déchaînait sur les plateaux télévisés, la stupéfaction et la prudence gagnèrent les esprits et les foyers damascènes. Petit à petit, les rues de la capitale commencèrent à se vider, les magasins à fermer et les gens à rentrer chez eux de peur de l'arrivant inconnu.

Une situation délicate et une attente de plus en plus pesante sur le cœur de mon frère qui lui feraient subséquemment sortir des propos qu'il n'avait jamais prononcés de cette manière auparavant…

*

Ce ne fut qu'à la fin d'une longue semaine de continence que la patience longuement maîtrisée de Nidal l'avait trahi. Pénible semaine, durant laquelle Damas, pour la première fois de sa vie, se fut transformée en une ville fantôme, désertée par ses habitants, étouffée par les ordures, commotionnée par d'étourdissants bombardements venant des banlieues adjacentes. La plus dure semaine depuis deux années de révolution continue avait suffi pour que Nidal se lâche et évacue sans retenue une confidence plutôt qu'une exhortation et une incitation à la fuite.

D'un visage austère, reflétant la gravité du sujet abordé et d'une allure décisive prête à tout afin de me dissuader de mes idées défendues, ce fut ainsi que Nidal avait pris la parole, directement sans insinuation ni atermoiement :

— Écoute Amir, il ne fait aucun doute que notre vie a été totalement chamboulée depuis le début de la révolution, et que la situation dans le pays se détériore à un rythme effrayant. Il est même ironique de faire l'autruche, en ne prenant pas conscience de la gravité des faits, de la cruauté de notre quotidien, ou encore de s'apitoyer en plaignant un misérable destin que nous nous infligeons avant tout le monde à nous-mêmes. C'est irrationnel ! On ne peut pas sacrifier sa vie dans l'attente permanente d'un accord miraculeux qui ne surviendra peut-être pas ! C'est une guerre sale, fomentée par l'extérieur, alimentée par l'ignorance et la haine. Un grand conflit, aussi bien régional que confessionnel, plus ravageant qu'insurrectionnel, embrasant tout le monde sur son passage, duquel nous, citoyens sans défense, sommes les seuls perdants ! On ne peut pas continuer à croire à l'utopie, aux théories du monde meilleur, qu'on est le Messie sur terre et qu'on peut tout changer avec l'amour et les fleurs ! On ne peut non plus grandir sur une terre ne servant qu'à mourir ! Réveille-toi Amir ! Tu ne pourras rien faire, à part la fuite ! Oui, il faut qu'on fuie avec ce qui nous reste de vie, la vie dont ils nous ont confisqué l'avenir. Il faut se dépêcher, avant d'être pris par la tempête. Il faut réagir, prendre une décision, partir avant qu'il ne soit trop tard ! Il faut quitter la Syrie, trouver un refuge, n'importe où, n'importe comment, mais au plus vite, il faut fuir Amir !

À l'issue de cet aveu imprévu, un lourd silence s'abattit sur ma tête, comme si chaque mot y fut énoncé, chaque sentiment ou chaque souffrance y fut dissimulé, avait indubitablement trouvé son écho au fond de ma conscience. Cependant, soit par lâcheté, soit par naïveté, ce fut ma ténacité qui avait gagné à la fin, et je me retrouvai dans un état de défense totale, comme si mes lignes rouges avaient été franchies et que ma ratification de ce que je venais d'entendre, une fois qu'elle serait attribuée, ne pourrait plus être retirée. Comme si la vérité n'avait qu'une seule facette et ce fut la mienne, j'avais décidé de ne pas céder ni admettre. J'étais décidé à me battre et ne pas me faire plier quel qu'en soit le prix à payer :

— Tu me demandes de partir ?! Mais bon Dieu, où partir Nidal ? Partir vers l'inconnu, où on est inconnu ?! Chercher le différent, où on est différent ?!

Où le seul fait d'épeler ton nom – aussitôt dur à prononcer – constitue un acte pénible ?! Où son origine se résume en un seul nom de pays, souillé de préjugés, de méfiance et de désolation, garni de regards, méprisants ou compatissants soient-ils, quelle différence quand on est juste "étranger" ! Quitter les siens, sa patrie, avec tout son malheur, ce malheur qui lui est familier, en quête du nouveau "étranger" ! Naître une seconde fois, avec une frappante différence entre les deux fois ; c'est qu'à la première on naît bien entouré, Nidal, innocent, brut, les yeux grands ouverts, prêt à accueillir une vie que l'on suppose la meilleure. Néanmoins, à la deuxième, on naît seul, corrompu, méfiant, lesté de soucis, hésitant à découvrir un monde où l'on craint le pire. Qui serais-je à l'étranger ? Personne ne me reconnaîtra ! Parviendrais-je à me reconnaître là-bas ?

Une courte halte, de façon à souligner l'importance de ce que j'allais ajouter :

— Il est dit que l'exil fait perdre l'origine ! Et moi, je ne veux pas de ce sort, Nidal ! Le saisis-tu ? JE N'EN VEUX PAS !

Reprenant un souffle devenant de plus en plus pénible, je finis mes paroles, ostensiblement touché, abattu, déterminé à ne plus parler de ce sujet. N'ayant aucune idée qu'en échappant à un sort, on risque parfois d'en attirer un autre bien pire, et que le pas entre la vie et la mort n'est parfois qu'une "mauvaise décision"…

6

Agenouillé, les yeux bandés en noir occlusif et les mains entravées derrière le dos, je ne savais pas où j'étais. Pourtant, l'odeur âcre de l'iode, accompagnée d'un mouvement de petites secousses à droite et à gauche me confirmèrent les soupçons d'être embarqué quelque part sur la mer.

La vue en suspens, je comptais sur mes autres sens afin de me familiariser avec mon entourage, à présent indistinct. Des mises en garde comminatoires et des insultes régulières, mêlées aux hurlements lointains me parvinrent nettement par les oreilles : « Espèce de crétin ! Ne bouge pas ou tu seras exterminé sans pitié ! »

Figée et sans réflexe, ma tête bouillait en concordance avec mon estomac pendant que mon corps restait immobile, dans l'impossibilité de s'exprimer.

Soudain, le ruban noir m'aveuglant les yeux s'évanouit imprévisiblement, levant le voile sur mes putatifs ravisseurs et sur la scène de ma détention présumée. Je me trouvais sur une barque de pêche, près des côtes d'un pays qui me semblait le mien, entouré de deux hommes armés, vêtus en noir, aux longues barbes garnies et aux traits atroces et regards farouches, braquant leurs fusils en position menaçante vers moi.

Au loin, une horde de personnes que je n'arrivais pas à identifier s'était rassemblée sur la côte, hélant mon prénom et me faisant des signes de main afin de revenir les rejoindre.

Toujours parqué, la nuque penchée en avant et les genoux flageolants, sur le point de capituler, je tentai de me soustraire subtilement aux regards de mes agresseurs, puis d'un geste téméraire je me jetai dans l'eau et essayai avec ce qui me restait de force de nager à toute vitesse et de regagner la côte. Étant ligoté, je ne parvenais pas à nager et je me vis consécutivement tiré vers le fond et m'engloutir dans les ténèbres de la mer, sans que personne n'entende mes insistantes supplications et mes demandes désespérées de secours.

Mes cris étouffés, mêlés aux sonneries éclatées du réveil de mon téléphone portable vinrent m'arracher à ce maudit cauchemar.

Il était 8 h 15 lorsque je me réveillai, noyé dans mes larmes, au milieu de mon lit, frétillant de tête aux pieds comme un poulet piaillant en pleine séance de plumaison. Mon corps entortillé dans les draps suait, mon cœur battait à tout rompre. Je pris promptement conscience que j'étais en effet chez moi à Damas, entouré des couleurs luisantes de mon téléphone clignotant dans le noir accablant de ma chambre isolée de la lumière du jour et asphyxiée par un volet occultant, accomplissant son travail de la meilleure manière.

« Mais qu'est-ce que c'est que ce rêve chimérique ? Que voulait-il vraiment me dire et quel message comptait-il me faire parvenir ? »

Épuisé par l'effort que j'avais dû faire à me débattre contre mes illusions, je me laissai inconsciemment affaler sur mon lit, assourdi par le silence monacal qui régnait sur la pièce. Un long moment d'isolement, le temps de reprendre mon souffle coupé, puis d'un seul bond déterminé, je quittai mon lit, visiblement harassé, et me jetai sous l'eau purifiante de ma douche, fuyant toute interprétation renforçant mes craintes et allant contre le sens vers lequel j'espérais l'évolution des événements…

7

13 JUIN 2013

Situé au nord-est de la capitale, le quartier de Bourj-Al-Rousses où j'habitais, constituait avec plusieurs d'autres, la partie de Damas jouxtant la fameuse banlieue de Jobar.

Autrefois un lieu de pèlerinage pour les juifs syriens, hébergeant une synagogue et un sanctuaire du prophète Élie, cette banlieue était devenue célèbre avec le commencement des événements en Syrie. Une vaste commune, la plus importante en nombre de rebelles, d'équipements, d'armes et de munitions, ayant témoigné des plus féroces des batailles entre régime et opposition, depuis le début de la révolution. Grâce à sa grande superficie, et à son extension aux vergers environnants, elle constituait une vraie cellule bourdonnante, foisonnant d'insurgés de toutes les factions d'opposition, y compris des membres des groupes islamistes et fanatiques, l'ayant prise comme centre d'opérations multifonctionnel, impliquant la confection d'armes et de projectiles d'une part, ou bien encore la tactique et la planification de potentiels assauts sur la ville de Damas d'autre part.

Dans un état d'ébullition constante et de combats permanents, ce fut depuis la banlieue voisine que les résidents des quartiers limitrophes – et dont nous faisions partie – payaient le lourd tribut dû à leur mauvais emplacement, et recevaient la part du lion des projectiles et des mortiers, lancés en réponse vindicative aux frappes aériennes de l'artillerie du régime la ciblant constamment. Et ce fut en fonction de l'intensité du bruit émis par Jobar que les gens prévoyaient leurs journées ; plus ce bruit y était fort, plus ils devraient s'attendre à un déluge de tirs plus ou moins acharné et ainsi de suite…

Il était 9 h 15 quand je m'apprêtai à sortir. Bien que mon premier rendez-vous ne soit pas avant 10 h 30, j'avais décidé de me rendre au cabinet à l'avance. Une petite modification du rituel matinal, afin de m'épargner les conséquences encourues d'une sortie hasardeuse au travail dans une journée s'annonçant agitée depuis le début !

Dans ma chambre, peaufinant pour la dernière fois mon allure devant le miroir avant de sortir, je scrutai soigneusement l'homme en face, reflété dans la glace. « C'est vrai que j'ai beaucoup changé depuis le début du conflit ! », déduisis-je en parcourant des yeux cette silhouette que j'admettais être la mienne. J'avais perdu pas mal de kilos, des cernes noirs s'étaient creusés des orbites au centre de mon visage, ternissant une jeunesse visiblement fanée et les quelques cheveux blancs traînant ici et là et peinant à se faire remarquer auparavant, se virent à présent multipliés par centaines, envahissant mon crâne sans pitié ! Cependant, et malgré tous les hâtifs changements qui s'étaient évertués à user ma façade extérieure, mon esprit était toujours intact et juvénile et je continuais assidûment à veiller sur mon apparence physique, m'efforçant de me montrer dans la meilleure allure dans toutes les circonstances.

Me plongeant sitôt dans cette autocritique, je pris soudainement conscience d'un étrange sentiment d'anxiété me parcourant le corps de haut en bas, se reposant tout juste au niveau de mon cœur. Ce dernier, s'adaptant à ce changement improvisé de fréquence, commença à battre de toute force en palpitations irrégulières, rapides, secouant toute la cavité thoracique et me compliquant ainsi la banale tâche de respirer.

Ce n'était pas la première fois que j'expérimentais ce genre de sensations en fait. Vu la dégradation en cours dans le pays, et le déferlement inédit de la violence et des mauvaises nouvelles, l'état d'urgence de mon corps était quasi pérenne, presque tous les jours en alerte. Et sans exagération de ma part, tous les Syriens étaient concernés. Une peur collective, qui avait récemment pris place au sein de notre société après-guerre, aux surfaces de la conscience de chacun d'entre nous. Une peur à laquelle on ne s'accommodait toujours pas. Une peur si fébrile, qui n'attendait qu'un petit souffle de vent avant d'émaner, de s'exprimer d'une façon effrénée, brutale, dans la perspective constante du pire à venir.

En fin de compte, je me convainquis que le meilleur moyen de faire face à ces sensations prémonitoires, ou plutôt ces pessimistes états d'esprit – indéniablement légitimes – était de les négliger, vivre avec ! Et ce fut exactement ce que je feignais de faire, tout en tenant prêt pour une autre journée probablement sanglante, compte tenu du fort vacarme qui ne cessait de me parvenir, clair et net, par la fenêtre.

*

Gagnant ma voiture garée dans la rue en bas de mon immeuble, je regardai soucieusement en direction de Jobar, puis d'un geste inconscient, je saisis le téléphone de ma poche et composai sitôt le numéro de contact de ma mère.

Partant d'une forte conviction que les calamités

n'attendaient personne quand elles comptaient venir, je ne me lassais pas de répéter et réitérer à maman, chaque fois qu'il y avait un risque accru d'un assaut de mortiers, de ne pas sortir de chez elle quelle qu'en soit la raison et la durée ! Je comprenais effectivement que demander à une femme de son âge de ne pas aller s'approvisionner pourrait se prendre pour une privation d'un droit fondamental, ou encore une frustration dont elle soupçonnait probablement la justesse. Toutefois, ma vision des choses était aussi préventive que tranchante et le principe régissant ma vie était clair : "Mieux vaut être circonspect à l'avance que s'en blâmer plus tard !"

Alimentant en électricité un appartement en rénovation complète, Nidal était sorti de bon matin et son chantier de travail se trouvait à l'autre bout de Damas, dans l'un des quartiers les plus chics et les plus protégés de la capitale. Le fait de l'appeler ou de le mettre en garde contre un éventuel danger dans notre quartier ne me paraissait pas approprié et pressant. Bien au contraire, je le trouvais plus nuisible que judicieux, étant donné qu'une telle nouvelle n'aurait pour effet que de le perturber et attiser ses craintes gratuitement.

Entamant le chemin vers mon cabinet, les rues de la capitale me semblaient ordinairement bondées. Les cris des vendeurs ambulants de fruits et légumes m'accompagnant tout au long de mon trajet, défièrent avec vitalité la cacophonie tonitruante des bombardements, et l'embouteillage étouffant d'un jour d'été me rendit paradoxalement le souffle dont je manquais tout à l'heure.

Encadré de ce paysage rassurant, je commençai sérieusement à me questionner sur la légitimité de mes prémonitions matinales et la pertinence de mes précautions exagérées concernant une potentielle attaque près de chez moi. D'autant plus que ce n'était pas la première fois qu'on vivait une telle journée risquée depuis le début du conflit, en revanche ce fut étrangement la première fois que je la percevais avec tant de pessimisme et d'appréhension.

« Personne ne sait combien de temps va durer cette sale guerre, on ne peut pas arrêter de vivre en attendant ! Si ce n'est pas par une bombe, ce sera par le doute qu'on va périr ! Abuser des précautions dans l'attente perpétuelle d'un malheur qui ne surviendra peut-être pas, ne nous causera qu'une perdition lente, pire encore que la mort subite à laquelle on s'efforce d'échapper ! » Une auto réprimande consternée, réaliste et hasardeuse qui, une fois lancée, se fit immédiatement argumenter par la voix de la raison et de la conscience, répliquant en défense aussi convaincante que le reproche lui-même ; « Quand les intuitions parlent, il faut savoir les écouter ! Le pressentiment mélancolique que j'avais éprouvé le matin avait peut-être un message à me livrer, et même si ce ne fut qu'une illusion, une peur démesurée avouée est à moitié pardonnée ! »

À peine cette contrite pensée sortie, une énorme détonation vint retentir quelque part, pas loin de l'endroit où je me tenais. Une justification mêlée à une panique me confirma les soupçons du matin, et je me rendis tout de suite compte que la série quotidienne des mortiers ne venait que de commencer !

Depuis ma voiture, je vis les gens au moment de l'explosion se protéger la tête, se boucher les oreilles, se courber le dos, s'agiter, s'affoler et presser le pas, cherchant à fuir avant la suite probable des tirs. Des réactions aussi bien spontanées que prévoyantes, puisqu'en l'espace des cinq minutes suivantes, deux autres détonations résonnèrent plus fort que leur précédente, et le chaos et l'agitation se firent aussitôt percevoir au niveau de la circulation ainsi que parmi les piétons.

Sur-le-champ, je retirai mon portable afin de rassurer ma mère sur ma sécurité ; un geste automatique que tout le monde partageait au moment des drames similaires.

À son tour, elle me confirma qu'elle allait bien, mais qu'elle n'avait pas reçu un coup de fil lénifiant de la part de Nidal. Essayant de le contacter, elle n'arrivait toujours pas à le joindre sur son téléphone et cela l'inquiétait énormément.

D'habitude, quand un attentat se produisait ou une explosion retentissait quelque part au pays, tous les Syriens, n'importe où soient-ils, sur place, à l'autre bout de la ville, dans une autre ville ou même à l'étranger, en étaient à la seconde informés. Les médias et notamment les réseaux sociaux jouaient un rôle primordial dans la circulation des infos. Des notifications, des messages de partage ou des textos personnels s'échangeaient au même moment que les attaques. Chacun contacta ainsi les siens à sa façon, dans le but de les rassurer ou de se faire rassurer. Par contre, et inversement à la sentence qui dit : "Pas de nouvelles… bonne nouvelle", nous, en Syrie, au moment de la guerre on adoptait la version : "Pas de nouvelles… mauvaise nouvelle" et interprétait chaque silence auquel on pourrait se heurter comme un mauvais présage jusqu'à preuve du contraire.

Comprenant ce contexte délicat, j'avais en premier lieu dû apaiser l'angoisse de ma mère, en lui confirmant que Nidal se trouvait bel et bien très loin du lieu de l'explosion. Secondement, ce fut la tâche de me rassurer qui s'était montrée plus urgente que requise, et j'avais sans délai appelé mon frère sur son portable afin de l'accomplir. Pas de réponse, cette fois-ci non plus ! Une deuxième tentative s'avérait alors nécessaire, une troisième, une quatrième… Sans succès ! Que de signaux sonores affectant le cœur avant les oreilles !

Bizarre ! Jamais Nidal – et tout particulièrement dans des circonstances pareilles – ne nous avait livrés à nos inquiétudes, ma mère et moi ! Il répondait, sans faute, à nos appels insistants, dès qu'il en avait l'occasion. Moi d'ailleurs, je faisais la même chose. À proprement parler, c'était une règle de famille que nous tenions tous à respecter, et selon laquelle je devrais attendre son coup de fil dans les minutes suivantes…

En vain !

Un long soupir de crainte s'échappa de moi et un regard constamment viré vers l'appareil à côté, dans la permanente vérification d'une sonnerie miraculeuse m'octroyant le soulagement que je cherchais et me libérant du doute qui me paralysait.

Malheureusement, cet appel salvateur ne vint pas !

Les mains tremblantes et l'attention embrumée, je continuai mon chemin vers le cabinet, m'évertuant à me calmer, à patienter et maîtriser une crainte qui ne cessa d'augmenter…

8

Derrière un grand portail noir donnant sur la rue d'Al-Kassaa se trouvait l'hôpital Saint-Louis, mieux connu à Damas sous le nom d'hôpital Français. Un grand et beau bâtiment érigé au début du siècle précédent, codirigé par les filles de la Charité de Saint-Vincent-de-Paul, dont la sculpture se tient toujours dans le patio de l'édifice. Œuvrant et servant dans l'hôpital depuis sa fondation, ces sœurs avaient su rendre ce lieu de soins un vrai havre de quiétude et de paix, souligné par la présence de la Sainte Vierge, demeurant en petit sanctuaire au milieu de son jardin intérieur.

Cet aspect paradisiaque qui avait tant enchanté les Damascènes, déplorait à présent son visage mélancolique émaillé de supplices et de chaos, sitôt typiques des journées cauchemardesques de la guerre.

Je poussai la porte entrouverte de l'entrée, et me précipitai vers l'unité des urgences située du côté gauche de la cour principale. Un long couloir bondé de personnel soignant et de proches des victimes m'attendait avant de me donner accès à la salle de soins où je devais retrouver mon frère.

Une heure plus tôt, une sonnerie éclatante avait, à cor et à cri, retenti dans tout le cabinet, me faisant tressaillir et tomber le stéthoscope de ma main, alors que j'étais entièrement occupé à ausculter un patient. Espérant que ce serait Nidal, je m'empressai vers la source du bruit afin de vérifier. Très vite, je saisis le téléphone vibrant, criant sans relâche sur la table de mon bureau. Un clin d'œil sur l'écran illuminé, et toutes mes peurs furent miraculeusement dissipées ! Le prénom qui s'était affiché fut sans doute la salvation que j'attendais, afin de me remettre le calme à l'esprit. Cependant, cette béatitude sitôt octroyée fut sitôt retirée, et le soulagement momentanément ressenti fut sur-le-champ remplacé par un ombre d'incrédulité et de crainte, à entendre les hurlements des sirènes à l'autre bout du fil.

Avant d'entamer un mot, une voix précipitée, à peine audible, mêlée aux gémissements et aux cris affligés, me signala que l'homme à qui appartenait ce numéro, était tombé victime d'un obus de mortier. Grièvement blessé et dans un état critique, il serait dans l'immédiat transporté à l'hôpital français, le plus proche du lieu de l'explosion.

Abasourdi, je restai pétrifié un temps, ne croyant pas les mots que je venais d'entendre.

« Mais diable, comment Nidal est-il arrivé là !? »

Pris d'une forte et brusque fièvre, mon corps commença à grelotter, ma tête pulsait et mon cœur battait à tout rompre. Je déboutonnai ma chemise à la recherche d'un air aussitôt introuvable. Faute de ne plus pouvoir me porter, mes jambes tremblantes me laissèrent m'affaler sur le fauteuil, tenaillé entre stupeur et délire. Des scènes funestes se succédèrent alors dans mon esprit, en reproduction imaginaire du récit rapporté. Les yeux accrochés quelque part dans le vide, je m'évertuai à reconstituer le drame dans ma tête, cherchant à assimiler la nouvelle dont je venais de prendre conscience.

Étant dans cet état d'hallucination, médusé et déconnecté de tout ce qui m'entourait, je ne savais pas combien de temps il m'avait fallu avant d'en revenir, secouant la tête à plusieurs reprises de façon à chasser les images meurtrières qui avaient pu s'implanter dedans.

« Oh mon Dieu ! Je veux le voir… Je veux l'étreindre… Je veux me blottir dans ses bras… Je veux lui demander le pardon…oh mon Dieu ! Je veux juste qu'il reste en vie… »

Les cris se taisaient dans ma gorge, anéantis, refoulés, ne trouvant ni le moyen ni la force de sortir.

L'incompréhension, la consternation, les remords, la honte, le regret, l'amertume, la peur, la douleur… un torrent de sentiments embrouillés envahirent mon esprit, l'ébranlant de toute force, lâchant à son passage un amas de questions disparates, désespérées, dont le but ultime fut d'appréhender le sarcasme de cet étrange destin qui sanctionne l'innocent et épargne le vrai coupable de son châtiment.

« C'est tout de ma faute ! Fallait-il attendre une telle calamité afin de réagir ?! Fallait-il faire expier à Nidal mon impétueux choix afin de me dessiller les yeux ?! D'ailleurs pourquoi ne l'avais-je pas averti plus tôt ?! Quelle malédiction est celle qui fait que mon frère se trouve au mauvais endroit au mauvais moment !! Le ciel voudrait-il me fustiger en lui infligeant ma peine et m'en laisser torturé ?! La miséricorde divine nous accorderait-elle une nouvelle chance et Nidal serait-il sauvé ? »

Sachant que les réponses ne changeraient malheureusement pas le résultat, je renonçai inéluctablement aux interrogations déferlées en flot et tout de suite accourus là où je devais être…

*

Entre sang et cendre, difficile de distinguer les identités des victimes, parsemées entre lits et chaises, dans une salle qui peinait à contenir ce déluge de blessés. Membres arrachés, visages déformés, corps brûlés, il fallait vraiment avoir du cran pour pouvoir surmonter ce tas de malheur.

Débordés, les urgentistes épaulés par des bénévoles s'efforcèrent par tous les moyens de faire face à l'une des situations de folie qui fut loin d'être inédite dans ce contexte de guerre que vivait le pays. Comme à chaque fois lors d'un carnage de ce type, les hôpitaux se virent submergés de sinistrés auxquels on n'avait pas toujours la possibilité de fournir l'aide nécessaire, sans devoir à attendre un important délai. Un saignant pouvait parfois se démener sans fin, avant qu'une adéquate transfusion ne lui soit fournie, ou qu'il ne soit transféré dans un autre établissement, faute de places.

Dans le coin là-bas, je le vis, le visage livide, les jambes déchiquetées, la peau écorchée, grelottant de douleur et de froid. De son lit dignement décroché, il me regarda, il me sourit, il attendit que je m'approche. Et moi, d'un pas hésitant, je rassemblai mon courage et j'avançai, le corps chancelant, tiraillé entre chagrin et remords.

Agenouillé devant son lit, je le trouvai grand et majestueux. À ses pieds, je me vis sordide et hideux. Je lui serrai la main, reprenant force de lui. J'admirai son visage, il était beau, il était pur, il était serein. J'y contemplai chaque petit détail, cherchant à les graver tous au profond creux de ma mémoire, cherchant à effacer le passé, à fuir le futur et à changer la donne…

Mots étranglés, larmes étouffées, je demeurai un long moment muet. Un lourd silence s'empara de ma parole. Tout le monde autour moi, toute la cohue et le désordre s'étaient instantanément écroulés, évanouis, et je me retrouvai seul, face à lui, à ne voir, n'entendre, ne vouloir que lui…

— Oh mon cher frère… Ravi que tu sois là ! J'ai cru que j'allais mourir avant de pouvoir admirer ton visage pour la dernière fois ! me susurra-t-il d'une voix agonisante, intermittente, étreignant la mienne dans ma gorge.

Sur ses lèvres émaillées de sang caillé, je posai aussitôt ma main afin de mettre fin à ses redoutables propos, et lui répliquai d'un ton feignant la certitude et la confiance :

— Non, ne dis pas ça Nidal, tu seras sauvé ! Il nous faut juste de la foi et de la patience et tout sera comme avant !

Après l'avoir effleurée d'un doux baiser fatigué, Nidal écarta ma main de sa bouche, la reposa sur son cœur, battant frénétiquement dans sa poitrine et la maintint ainsi en poursuivant :

— Non Amir, mon heure est arrivée. Je le sais ! On ne peut rien faire devant la volonté du destin ! Mon dernier vœu était de te voir, cher frère, et Dieu merci, il est exaucé ! Je peux maintenant partir en paix !

— Arrête avec tes illusions, je t'en prie, Nidal ! Tu vas survivre ! Je vais appeler un urgentiste afin de te prendre en charge tout de suite !

Au moment où j'essayai de me lever, et d'une main ayant gardé une certaine force, Nidal me tint par le poignet et me serra fort contre lui, de façon à me dissuader de ce que je comptais faire.

— Écoute Amir, je sais qu'il ne me reste pas beaucoup de temps à vivre. Regarde autour de toi, la salle est bondée, le personnel ici est surmené. Les lits, les appareils, les chaises, les urgentistes et même le sol… Tout est complètement pris ! A priori, ils cherchent à me transférer dans un autre hôpital… Mais pas le temps de vérifier ! anticipa-t-il en faisant un effort bien marqué afin de maintenir une compression ferme sur mon poignet, et continua ainsi en précisant :

— Reste avec moi mon frère, car je ne vais pas pouvoir tenir longtemps ! J'ai beaucoup saigné, j'ai même perdu la sensation du bas de mon corps. Et si mon cœur parvenait à surmonter le manque d'oxygène, mon esprit ne pourrait certainement pas supporter le manque des jambes ! Mon histoire finit là… Mais avant ça, j'ai une chose très importante à te dire…

À peine cette phrase fut achevée, mes larmes tant retenues se laissèrent lâcher, diluviennes, brûlantes, emportant avec elles un flegme et un aplomb jusqu'à présent à grand-peine maîtrisés.

— Ne pleure pas cher Amir, je t'en supplie !

— Pardonne-moi cher Nidal, je n'aurais pas dû le faire ! J'aurais dû t'écouter ! Mais hélas ! À quoi bon sert-il de le regretter maintenant ?! Comment Dieu, espère-t-on le meilleur si on avait, de bonne volonté, choisi le pire ?! ?! Oh, mon cher frère ! Si je pouvais remonter le temps… Si je pouvais juste avoir une autre chance… Je serais prêt à donner ma vie en échange de la tienne… Je serais prêt à quitter le pays… Je serais prêt à tout changer… Mais non, pas sans toi… Ce ne serait pas possible ! Je suis plus fragile que tu ne l'imagines ! Ne me laisse pas tout seul, frère ! Je t'en supplie, j'ai besoin de toi afin de pouvoir tenir ! J'ai besoin de toi afin de pouvoir continuer le chemin…

— Pour moi, c'est déjà trop tard cher Amir… Mais pas pour toi ! Tu seras capable de le faire ! Tu vas me promettre de le faire !

Sa voix baissa et son cœur s'agita encore plus fort sous ma main, oscillant en haut et en bas au rythme de sa respiration accélérée. Haletant, il reprit sa parole :

— Fais-moi cette promesse Amir ! Quitte le pays au plus vite, fuis ce cercle infernal. Fais-le pour moi, Amir… Fais-le pour notre mère… Fais-le pour toi ! Sauve-toi Amir ! C'est mon dernier souhait !

En sanglots, je fermai amèrement mes yeux

intimidés, leur épargnant son regard insistant. Et avec ce qui me restait de courage, j'acquiesçai d'un signe de tête et déclarai avec honte :

— Je te le promets, mon cher frère, je te le promets !

Une forte émotion s'échangea entre nous ; des effluves de nos enfances, de nos souvenirs lointains, de nos rêves, de nos rires et de nos gaffes partagées…

Son visage cruellement terni fut soudainement vêtu d'une lumière divine de tendresse et de satisfaction, et avec un sourire à peine perceptible, il me fit ses derniers adieux et livra l'âme au monde mystérieux de la mort. Et moi, effondré, j'enroulai son corps dans le mien, implorant les cieux de me laisser ainsi, réfugié dans les bras de mon frère à jamais…

9

« À une seconde près ce drame aurait pu être évité ! »

« À une seconde près Nidal aurait pu être sauvé ! »

« À une seconde près tout un sort aurait pu être changé ! »

Les mêmes consternations, les mêmes paroles, les mêmes afflictions et les mêmes fins !

Différents noms, différentes victimes, différentes manières, mais toujours les mêmes fins !

Dans mon pays de l'après-guerre, on pleurait toujours quelqu'un ; petit ou grand, femme ou homme, civil ou combattant, partisan ou opposant ou même neutre, indifférent… autant de martyrs sacrifiés sur l'autel de cette guerre avide ! Il y avait aussi des martyrs vivants, souvent oubliés, omis, négligés ! Ceux-ci, les piteux, ne se comptaient toujours pas !

Dans mon pays de l'après-guerre, un martyr pourrait être assassin comme assassiné. N'importe quel camp proclamait ses martyres, sans pour autant que l'autre camp soit d'accord avec cette déclaration ou qu'il l'approuve. L'expression était vague ; votre martyr pourrait être notre assassin et vice versa. Chaque parti fut libre de sa vision des choses, et l'autre parti fut libre aussi de la partager ou pas.

Lors des funérailles de mon frère, le curé de notre paroisse – coutumier du fait, mais toujours aussi ému et attristé – faisait de son mieux afin de rester sobre, prédicateur, fidèle à son devoir et à sa vocation. Servant une éloquente homélie, il nous exhorta à croire en Dieu et ses plans pour nous, à ne pas nous laisser souiller par les pernicieux sentiments de la rancune et de l'animosité et à ne pas non plus chercher la consolation dans la vengeance et la violence.

« S'en remettre à la miséricorde de Dieu, c'est notre vocation mes chers endeuillés ! *"Bienheureux ceux qui pleurent, car ils seront consolés."* Ne nous a-t-il pas promis ça dans son Évangile ?! Car la mort n'est pas une rupture, c'est une continuité… la mort n'est pas une fin, c'est une passerelle ! La mort, c'est troquer ce monde éphémère contre une vie éternelle… »

« … Rien n'a été créé en vain, chaque incidence dans la vie doit, de toute évidence, avoir sa cause divine, et la mort de Nidal n'en fait pas défaut ! Nidal est un martyr, le martyr de la patrie, ayant péri sous une bombe rancunière ou sur le champ de bataille ! Aubaine pour lui ! Il a su réserver sa place à l'éternité aux côtés des saints et des bienheureux… »

Des discours soutenus, des paroles touchantes et des langages expressifs, depuis le début de la révolution le peuple syrien n'en manquait pas ! Aussi étrange que cela paraisse, des mots justes avaient un effet juste ! La foi fut essentielle en ces moments d'hostilités. On dirait qu'elle était la bouée de sauvetage du tourbillon béant de la guerre, la seule lucarne de lumière dans le cachot sombre d'une réalité atroce.

Cependant, pour nous, les vrais concernés, les familles affligées, et au-delà de tous les hommages et toutes les expressions bien placées, rien ne nous remettrait la paix au cœur, rien ne nous rendrait ce qu'on avait perdu. Notre douleur serait toujours vive et lancinante. Aucun attribut, aucune qualification et aucune indemnité – hâtée ou reportée – ne pourrait à un moment l'éteindre ou la calmer !

En ce jour de juin, plus rien ne me serait comme avant. J'inhumai mon frère et j'enterrai avec lui toutes mes vieilles convictions, toutes mes doctrines, tous mes fondements, toutes mes théories et mes acharnements.

En ce jour de juin, plus rien ne me serait comme avant. Et moi non plus, je ne serais jamais comme avant…

10

Quelques mois après la mort de Nidal, ma mère avait succombé à son malheur. Une telle tragédie était plus grande que ce qu'elle aurait pu supporter.

Ne pas pouvoir lui procurer la consolation dont elle avait besoin ni lui apporter le soutien qui l'aurait peut-être sauvée, me brûlait le cœur et me torturait chaque fois que je la voyais dépérir devant mes yeux. Mais comment pourrait-on accorder la liberté quand on est soi-même prisonnier ?! Comment pourrait-on aider quand on est soi-même abattu ?! Comment donner lorsqu'on est soi-même démuni ?!

Ma mère s'était empressée d'aller rejoindre son pupille perdu. Elle s'était précipitée pour découvrir son vaste univers et fuir notre étroit cimetière. Comme si les deux étaient complices et par leur départ prémédité et définitif, ils voulaient défier ma lâcheté et ma permanente esquive d'une fatalité inéluctable.

Délaissé, pathétique, j'avais abandonné mon métier, déserté mon cabinet, fui mon présent et renoncé à tout ce qui me rappelait mon passé ruiné. Je marchais dans les rues, je ne m'y trouvais plus. Tout me semblait étrangement étrange ; les regards des passants, les cris des marchands, le vacarme ordinaire d'une ville grouillante de vie… tout me semblait triste et insipide.

La mort de Nidal m'avait-elle drapé les yeux en noir, ou plutôt éclairé la vue sur une réalité que j'avais farouchement niée ? Je ne me reconnaissais plus à travers les visages. Ils m'avaient trahi, mes frères de terre m'avaient trahi, tout le monde m'avait trahi… je me sentais exilé. J'étais en deuil, deuil d'âme et deuil de patrie. Je me sentais déraciné, arraché, déchiré et étranger. Je me sentais seul, tout petit et minable, c'était mon choix, mais je ne l'assumais pas ! J'en avais honte en fait. Pitié pour moi !

Étant dans cet état d'esprit, je me rendis compte à la fin que le plus profond sentiment de l'exil fut celui que l'on éprouve sur sa propre terre, là où tous les mots, tous les slogans, toutes les appartenances n'ont plus d'importance, là où tout se tait devant un cri de souffrance, là où tout s'écroule devant la mort, la perte, la haine et la vengeance.

« On ne quitte jamais son pays volontiers, et si c'est lui qui nous quitte, qu'est-ce qu'on fait !? »

Perdant tout goût de vie, je m'étais juré de partir.

Bientôt, ce monde ne me serait qu'un souvenir, un fardeau dur à tenir. Mais je ne partirais pas par amour à la vie ni par crainte d'un pire avenir. Je partirais par promesse ! Je partirais, car ce fut le dernier souhait d'un être cher, et je devais l'accomplir…

DEUXIÈME PARTIE

PARIS 2018-2019

11

28 OCTOBRE 2018

Au bord du trottoir, sur une terrasse parisienne du premier arrondissement, je m'étais installé, une tasse chaude à la main, contemplant les passants empressés, se déplaçant chacun vers sa destination dans une frénésie coutumière des journées parisiennes contemporaines. Malgré les coups de vent qui me frappaient ardemment le visage et la grisaille menaçante de ce jour d'octobre, la chaleur et la tranquillité d'esprit que me procurait ce café authentique aux guéridons juxtaposés et aux chaises accolées n'équivalaient à aucune autre.

Siroter son café matinal, accompagné d'une pipe brûlante et des voisins temporaires, se prendrait peut-être pour une routine journalière, commune et automatique pour les uns, ou se rangerait plutôt dans l'étagère des habitudes quotidiennes, banales, presque inaperçues pour les autres. Néanmoins, pour moi, ces moments intimes en public, entre soi et le monde autour, le visage ombragé par la fumée parfumée du tabac emmêlée à la vapeur montante de son café chaud furent un délice, un rituel sacré, à ne pas manquer quelles que soient les circonstances. Assister à ce spectacle humain singulier, où chaque jour des centaines et des centaines de gens se côtoyaient dans les rues accueillantes de cette capitale ne me serait guère une routine.

« On est très loin de la monotonie dans cette ville millénaire ! »

En tant qu'immigré, seul et délaissé, inconnu et lesté, ce déluge quotidien de personnes, de toutes les couleurs, de toutes les origines, de toutes les races et les racines m'était et me resterait toujours un soutien, un support et même une addiction dont je ne serais jamais prêt à me passer. En effet, être une infime goutte dans cette mer de diversité m'encourageait, me soulevait, me fortifiait et m'enchantait.

Totalement absorbé par cette occupation, je ne me réveillai que lorsqu'un hâtif baiser vint se glisser tendrement sur ma joue, et une voix familière me lança avec aménité et gaieté :

— Salut chéri, puis-je partager le café ? me demanda Alice en tirant une chaise et prenant place à la table tout près de moi.

— Salut ma belle. Avec plaisir !

Le sourire fascinant de ma petite amie Alice, dessiné parfaitement sur ses lèvres rouge rosâtre se réunit gracieusement au paysage extraordinaire qui m'entourait, me compléta la scène et la rendit digne d'un début de journée prometteur et revigorant. Depuis notre première rencontre, cette fille blonde aux yeux clairs m'apportait quotidiennement la lumière dans mon existence bien embrumée. Cette apprentie fleuriste aux parfums de jonquille m'avait ramené les effluves du jasmin damascène et la douceur d'une enfance lointaine. Étranger, elle m'était le foyer retrouvé. Égaré, elle m'était le phare d'espoir et l'astre luisant dans mon ciel lugubre. Craintif, hésitant, elle m'était la confiance regagnée et la force pulsionnelle m'aidant à agir.

Bénévole pour une association d'accompagnement des réfugiés et des demandeurs d'asile, Alice consacrait ses heures libres à donner des cours de langue aux nouveaux arrivés sur le territoire français. Fraîchement débarqué, avec mon français balbutiant et ma médiocre connaissance du pays d'accueil, je fréquentais cette association afin de profiter de ses cours – m'étant proposés en tant que nouvel exilé – et entamer le chemin de l'adaptation et de l'intégration de la meilleure manière. Et ce fut ainsi qu'une étincelle d'amour, fou et inattendu, s'était instantanément embrasée entre le vieil élève et sa jeune institutrice.

Prodigué généreusement, le soutien d'Alice m'était plus qu'utile dans mon parcours d'apprentissage, de renaissance et de convalescence. Grâce à elle, j'avais pu m'ouvrir sur cette occidentale société, bien différente de la mienne, maîtriser sa langue, découvrir sa culture, plonger dans son histoire, l'aimer, l'adorer et devenir son enfant adoptif. Grâce à Alice, j'avais pu me rétablir, rebâtir mon métier, redémarrer ma vie et mon avenir.

— Sinon, ça va le boulot ? repris-je, effleurant délicatement des doigts les quelques mèches égarées, joliment parsemées entre son front et ses tempes.

— Ça va ! Beaucoup de travail et peu de repos… Rien de nouveau ! marmonna Alice, l'air las, déplaçant son pouce en une remarquable subtilité sur l'écran tactile de son téléphone et parcourant de ses yeux son fil d'actualité sur sa page Facebook. Puis d'un brusque mouvement, elle s'agita, sursauta, comme si une idée vague ou une pensée importante avait soudainement resurgi à la surface de sa mémoire, fit défiler l'écran aussi vite qu'elle le pouvait, le figea finalement sur un article du quotidien "*Le Monde*" daté de la veille et m'interrogea ;

— Ah, oui, j'ai oublié de te le montrer… tu n'as pas vu ça, Amir ? s'impatienta-t-elle en me révélant le contenu affiché sur la page et elle reprit :

— Regarde, lis bien cet article ! Apparemment,

tout ça va se régler bientôt ! Tu vas enfin pouvoir rentrer chez toi mon amour !

D'un geste insouciant, et d'une curiosité impatiente, je saisis le téléphone de sa main, cherchant à déceler de quoi parlait ce mystérieux article qu'elle venait de mentionner. Le regard fixé sur l'écran, une gêne obscure se fit subitement sentir au niveau de mon cœur, la serrant fort dans ma poitrine. Mitigé, trahi, révolté, confus… aucun attribut ne pouvait exactement décrire ce qui tournait dans mon esprit à cet instant-là. Cette nouvelle semblait d'un seul coup secouer le fond de mon être et embrouiller le calme méfiant rôdant sur la surface. Comme si un dragon s'y était brusquement réveillé, crachant en un seul moment un mélange débridé de souvenirs, de questionnements et de peines, tout en gardant cependant un mutisme absolu et un flegme trichant de l'extérieur…

*

L'ordre bien établi dans ma tête avait subi une énorme secousse. Une nouvelle de cette taille suffisait pour que les cacophonies s'y déchaînent et que le silence n'y soit qu'un rêve d'antan.

"Un sommet à Istanbul pour amorcer une solution politique en Syrie." s'intitulait le fameux article du quotidien *"Le Monde"* paru sur l'écran lumineux, orné par une photo des dirigeants de quatre grandes puissances mondiales ; la France, la Turquie, la Russie et l'Allemagne, réunies derrière une tribune et censées discuter une sortie de la crise d'un peuple dont les représentants furent absents !

À ratifier l'enthousiasme excessif d'Alice, une telle manchette devrait sans nul doute me faire voler de joie. Paradoxalement et contre toutes ses attentes, ce fut le contraire qui s'était produit et la consternation fut ma première réaction face à cette nouvelle, que je trouvais plus nuisible qu'utile.

J'entamai alors ma tentative de déchiffrer chaque mot de cet attirant titre, dans l'espoir de pouvoir comprendre avec clarté ce qui se cachait réellement entre les lignes. Comme si chacune de ces lettres énigmatiques, exhibées en gras et drapées en noir portait en elle plusieurs possibilités de plusieurs sens, et ce fut à moi qu'avait été confiée la mission insensée de les décrypter.

« Qu'est-ce que c'est que ce boniment vide de sens et incroyable ? De quoi traite cet ambigu compromis de paix dont nous sommes les prétendants désignés et les sceptiques témoins ? » songeai-je incrédule, avant d'en déduire des réflexions aussi circonspectes que méfiantes :

« Le malheur d'un peuple se réduirait-il vraiment en silence une fois qu'un accord international serait pris en son nom par contumace ?! »

« Comment peut-on prétendre mettre fin à un conflit dont la souffrance s'étendrait au-delà du temps et de ses consensus tardifs ?! »

« Une perte, incorporelle ou matérielle soit-elle, serait-elle réellement un objet d'indemnisation ?! Serait-elle résiliable, délébile dès lors qu'on le décide ?! »

« Le chagrin et la douleur, trouveraient-ils un jour le havre du calme et de l'oubli, après que toutes les routes y furent barrées et que la consolation et l'apaisement y furent confisqués ?! »

« Redonnons-nous l'espoir d'un monde meilleur à une enfance baptisée par la violence, bercée aux sons des canons, baignée dans le sang et enlacée par la méfiance de l'autre et la prudence ?! »

« Comment peut-on croire un monde de complaisance, qui, durant plus de huit ans, n'a cessé de fomenter une guerre d'une main et déplorer ses dégâts et lamenter ses victimes de l'autre ?! »

« Nous prennent-ils pour des idiots ?! »

Me laissant complètement prendre par cette logorrhée intérieure, je fis sortir cette dernière pensée, inconsciente et impulsive de ma bouche, avant d'enchaîner furieusement :

« Quelle tromperie !! »

À ce mot, Alice, jusqu'à présent muette, douteuse à me dévisager, reprit le téléphone de ma main tremblotante et me demanda d'une moue incompréhensive :

— Tu as le visage terriblement consterné chéri, me partages-tu ton souci ?

Me réveillant inopinément de cette songerie dubitative, je lui répondis sans chercher à me justifier :

— Tout va bien chérie. J'éprouve juste le besoin de me retrouver tout seul !

Refusant de capituler, Alice insista en quête d'amples élucidations :

— Cela fait un long moment que tu fixes l'écran, Amir ! Dis-moi, qu'est-ce qui t'agite l'esprit à ce point-là !?

N'ayant ni les mots ni la force de répondre, je me dérobais à ses questions en lui déposant un rassurant baiser sur la joue, avant de m'empresser de m'engouffrer dans la foule et m'éloigner aussi loin que je le pouvais…

12

Si au moment où j'avais eu cette nouvelle, j'avais pu sortir de ma réalité, j'avais pu m'enfuir, m'émanciper de ce monde cruel, je l'aurais sans hésitation fait. Quelque chose m'avait à l'instant suffoqué, étreint la gorge et oppressé le cœur. Le sentiment d'échec, de perte totale et d'impuissance m'avait envahi. Des flashes d'images commencèrent à se succéder sur la surface de ma mémoire, et en un clin d'œil j'avais évoqué l'ensemble des séquences qui m'avaient profondément changé, ainsi que le courant de ma vie ces dernières années. Une fraction de seconde, et toutes ces interpellations, toutes ces angoisses, tous ces malheurs avaient jailli de ma tête, réels et présents devant mes yeux, plus impétueux encore qu'au moment où je les avais vécus pour la première fois. Un monologue s'était simultanément lancé dans mon esprit, une épineuse prospection et une minutieuse analyse dont le but fut de comprendre les raisons de la déception exagérée et de l'inadéquat embarras que j'avais éprouvés et de trouver ainsi la sortie de cette crise de confusion, que j'espérais accidentelle et transitoire :

« Après toutes ces années de guerre, tout ce sang coulé, ces âmes meurtries, ces centaines de milliers de morts, ces millions de réfugiés… qu'est-ce qu'on a pu obtenir ?! Le résultat était-il à la hauteur de la somme payée ?! Avons-nous pu bouleverser le pouvoir, éradiquer la corruption, développer le pays et changer le régime ?! Avons-nous pu gagner en liberté et en dignité ?! Avons-nous pu atteindre nos objectifs et réaliser nos demandes et nos revendications ?!

Non ! Nous avons tous échoué et à tous les échelons !

Mais, bon Dieu, ne devrais-je pas me réjouir de ce compromis prometteur ?! Pourquoi m'en étais-je autant offusqué ?! Ne serait-ce pas ce que je voulais le plus au monde ?! Ne serait-il pas temps d'ensevelir la plus grande tragédie du vingt et unième siècle et de conclure ce deuil collectif ?! L'achèvement de ce conflit dévastateur, la fin de la souffrance et le nouveau départ n'étaient-ils pas mon souhait le plus ultime et mon vœu le plus attendu ?!

Bien évidemment ! »

Cependant, ce qui me torturait et me rongeait de l'intérieur fut de savoir que la conclusion définitive et réelle de ces combats serait plus loin de ce que l'on pouvait imaginer, que les séquelles qu'avait tracées cette guerre dans les esprits des gens ne s'estomperaient guère aisément ni prochainement et que derrière la ruine matérielle et les dégâts économiques et culturels reposait une débâcle plus grave, une détérioration morale, existentielle et sociale du peuple, de tout le peuple, sans exception, soit-il pour ou contre le régime, à l'intérieur ou à l'extérieur du pays. Des plaies qui ne guériraient jamais et des traces que même le temps ne pourrait effacer, car « Ce qui nous avait été pris ne pourrait jamais nous être rendu ! »

Ça d'un côté et de l'autre côté…

La fin imminente du conflit syrien fut une nouvelle à laquelle je ne m'attendais pas du tout à ce moment-là ! Elle était venue fortuite, imprévue après des années de torpeur, après m'y être involontairement habitué et en avoir complètement perdu l'espoir ! Elle fut annoncée tardivement, trop tard même ! Après qu'un grand nombre de Syriens s'étaient installés, avaient reconstruit leur vie et fondé un travail ailleurs. Après que le potentiel retour chez eux ne fut plus envisagé et que le rapatriement ne fût guère négociable ! Un tourment moral et une peine à perpétuité, de savoir que son pays soit guéri sans malheureusement pouvoir y retourner et y trouver une place parmi les siens !

« Si on témoignait effectivement d'une résolution définitive de la crise et d'un compromis miraculeux qui mettrait toutes les parties du conflit sur la table du débat et de la réconciliation, serais-je vraiment prêt à rentrer chez moi ?!

Serais-je prêt à me retrouver face à face avec mon passé accablant ?! Et même si je manquais terriblement de ma terre natale, trouverais-je la même ?! Si j'avais tellement envie de l'étreindre, de la consoler, aurais-je vraiment le courage de le faire ?!

Serais-je prêt à quitter ce pays qui m'avait tout donné et rentrer au mien qui m'avait tout pris ?! N'avais-je pas changé moi aussi ?! Serais-je prêt à abandonner cette nouvelle vie que j'avais fraîchement bâtie, délaisser ma petite amie, renoncer à mon métier prometteur et revivre la même épreuve dont je venais juste de me rétablir ?!

Et la nostalgie et le mal du pays qui n'ont jamais cessé de me torturer pendant toutes ces années ?! Si j'avais à choisir opterais-je pour la France ou la Syrie ? Continuerais-je à vivre en tant qu'étranger ou en tant qu'autochtone ?! Éprouverais-je bientôt le besoin de me prononcer ?! »

Depuis mon débarquement à Paris, ce fut la première fois que tout me semblait aussi triste et insipide. Je ne doutais à aucun moment que ce fût la brume de mes yeux qui donnait cet aspect mélancolique et morose à une ville dont la beauté se déclarait ostensiblement même sous le ciel couvert. Tenaillé entre ces tas de questions qui s'étaient à l'improviste invitées dans ma tête, je sillonnai les rues de cette magnifique ville, me laissant guider par mes propres pas, n'ayant pas la moindre idée où pouvaient-ils me déposer et à quel endroit comptaient-ils me faire atterrir.

La marche vers ma paix intérieure s'annoncerait longue et pénible et le chemin vers ma délivrance s'avérerait rocailleux et ardu.

« Trouverais-je le moyen de m'en sortir !? »

13

Dans les dédales de ma mémoire surchargée, j'avais contre mon gré pris le risque de sombrer. Un choix inévitable dont je devrais absolument assumer les conséquences. Depuis mon éloignement, ce fut la première fois que je me permettais de me trouver face à mes souvenirs, tourmenté entre le déni et le délire. Des lustres en France, mon pays d'accueil, période durant laquelle j'avais réprimé mes sentiments, dissimulé ma souffrance, rangé tout mon malheur dans un compartiment bien scellé au fond de ma conscience. Déterminé à œuvrer, je m'étais juré d'être fort, à la hauteur de la responsabilité que mon frère m'avait confiée. J'avais quitté la Syrie et en même temps je m'étais promis d'en guérir !

En tant que nouvel immigré levantin, il fallait m'investir, jour comme nuit afin de me prouver et de m'intégrer dans ce monde européen, avec ses impo-sants défis et ses exigences à la française ! Rien ne m'avait été facile ! Un long chemin d'apprentissage et d'adaptation, au bout duquel je m'étais hybridé, baptisé le nouveau-né de ce pays.

Oui, j'avais réussi ! Tout au long de ce long parcours de convalescence, j'avais réussi à dompter mes chagrins, à maîtriser mon apparence et à trahir mon audience ! Les gens me côtoyant tous les jours se demandaient sans doute comment faire pour y parvenir. Je leur semblais sage, serein et stoïque, même en face des plus dures de leurs questions, perpétuellement répétées chaque fois qu'ils entendaient mon nom ou mon accent chanter : « Vous venez d'où ? » ou « Vous êtes de quelle origine ? » Énoncer le nom de mon pays me nouait la langue tout en restant volubile, m'attristait le cœur tout en gardant le sourire. Il me revenait toujours maculé de sang, souillé de maudites pensées et de cauchemardesques souvenirs. Pourtant, j'avais toujours pu dissimuler ma vérité, cacher mes peines et m'en sortir !

En revanche, cette fois fut différente, et je ne parvenais plus à jouer le rôle que j'avais tant maîtrisé ! Depuis l'amorçage d'une résolution du conflit syrien, je m'étais trouvé dérouté, égaré dans mes réminiscences, fourvoyé dans mon raisonnement et dans mon introspection. Cette nouvelle avait sollicité une affliction durement domestiquée, ravivé une vulnérabilité inhumée au tréfonds de mon être, sapé mes frêles piliers, torpillé mon feint stoïcisme et voilà que je m'étais retrouvé nu, face à ma débilité latente.

« Jusqu'à quand resterais-je prostré par mes ruminements, paralysé par l'incapacité à retrouver mon équilibre et ma raison ? »

Cette loquacité intérieure m'accompagna tout au long de mon vagabondage dans les rues de Paris. Inconscients, épuisés, mes pas me déposaient là où ils savaient bien me secourir. Les yeux accrochés sur la Seine, je me laissai emporter par l'un des paysages les plus saisissants qui n'avaient jamais cessé de m'éblouir depuis que j'avais mis le pied dans cette ville. Alors que mon esprit, rembruni, se débattait sur les choix possibles devant lui, mon âme, égayée, dansait en cadence avec les mouettes enchantées, balancées sur la surface de l'eau miroitante d'un soleil ayant su fendre son chemin dans la parade des nuages matinaux.

« Devrais-je refléter ce clément dégagement sur la grisaille de mon ciel intérieur ? Pourrais-je l'interpréter comme un signe d'une prochaine accalmie et d'une imminente stabilité de mon état d'esprit personnel ? »

Le cœur déchargé, je me posais et me déposais sur la berge de la Seine. Une sérénité confiante s'emparait aussitôt de moi, car même si cette tourmente momentanée me dévoyait, au fond de moi je savais que là, entre les deux rives de la Seine je saurais sans doute me retrouver.

*

« J'adore cette ville ! »

Une déclaration d'amour qui fut spontanément sortie en me ressourçant les yeux au bord de la Seine. Un aveu d'attachement dont la naissance remontait à l'instant même de notre première rencontre, mais dont la révélation fut trop tard annoncée, sollicitée par la peur d'une séparation potentielle. Comme si cette ombre d'idée d'un éloignement probable avait réveillé en moi cet engouement vague déjà existant, et l'avait multiplié par milliers et milliers de fois, jusqu'à ce qu'il fût devenu une évidence confirmée, enracinée dans chaque recoin de mon existence.

Étant le fils de Damas, "Le Cham" comme on l'appelait en parlé syrien, je connaissais très bien l'aubaine de côtoyer quotidiennement l'histoire en toute sa grandeur, la magie de se perdre dans le temps tout en errant dans les rues, d'enlacer le passé tout en restant dans le moment présent. C'est pourquoi je ne m'étais pas fatigué à appréhender le secret de ce lien instantanément établi entre moi et Paris. Je l'avais aussitôt saisi, je l'avais aussitôt compris. Perdu, je m'étais guidé entre ses ruelles, égaré, je m'étais retrouvé à travers son histoire. Comme si la connaissance entre nous s'était déjà faite il y avait des siècles, avant même ma conception. Et ce fut exactement ce que mon âme avait aussitôt découvert, car la perception de l'âme dépasse largement l'entendement de l'esprit !

Chaque fois que j'y déambulais, je me rétablissais, je me reconnectais à ma source, à ma ville d'origine, car les deux à mes yeux ne différaient pas autant ! De même que deux sœurs, orientale et occidentale, Damas et Paris s'étaient installées dans mon cœur, s'y disputant le trône de la beauté et de l'élégance, sans pour autant que l'une d'elles ne puisse l'emporter !

Ces années vécues à Paris équivalaient à ma vie tout entière. J'y avais appris la magnificence de la dissemblance, la générosité de la différence et l'évidence de la tolérance. Paris m'avait inculqué la fraternité avec un pauvre immigré, m'avait abreuvé l'amitié avec un passager étranger, octroyé le bonheur d'y vivre en liberté. Elle m'avait reçu, étreint, soulevé, guéri, soulagé… au moment où ma propre terre m'avait déchiré et délaissé.

« Ce n'est pas moi qui habite cette ville, c'est plutôt Paris qui m'habite, qui m'y vit !

Suis-je capable de la quitter ?

Serai-je capable de rentrer chez moi ?

Ici n'est-il pas chez moi !? »

Le dilemme auquel je fus confronté avait fait surgir

en moi des questions que je ne m'étais jamais posées auparavant. Il m'avait mis en face de ma vraie identité, m'efforçant de fouiller la profondeur de mon être afin d'y trouver les réponses.

« Qui suis-je ? »

« Si je me prétendais Damascène, je négligerais une grande partie de mon être, je m'éloignerais du nouvel Amir que je suis maintenant, j'omettrais l'ouverture d'esprit que j'avais acquise sur cette terre.

Si je me proclamais Parisien, je nierais une vie tout entière, je torpillerais une civilisation, une culture, une histoire, des saveurs, des ancêtres et des pères. »

« Mais… qui suis-je vraiment ?

Je suis le parfum du jasmin enchanté par la majesté du lys.

Je suis le charme de l'Orient ébloui par la splendeur de l'Occident.

Je suis la chaleur du sud tempérée par le vent du nord.

Je suis la Méditerranée tiraillée entre deux ports. »

Non, je ne me demandais plus « Qui suis-je », car plus je le demandais, plus je m'enfonçais dans l'interprétation de mon être et plus je me trouvais exposé à des tas d'insolubles questions, suspendues dans le vide de ma conscience, comme des étoiles inertes en plein milieu de l'Univers.

« Qui définit l'identité, qui dessine les appartenances

et établit les frontières ? »

« Qui nous confisque la paix, ailleurs ou sur notre propre terre ? »

« Qui empêche les gens de vivre, survivre ? Qui fomente les conflits et alimente les guerres ? »

« Quand-est ce que l'humanité optera-t-elle pour l'amour, éradiquera les armes et les misères ? »

« Parviendrons-nous à nous aimer, nous respecter, partager ce monde et cet univers ? »

« Unirons-nous un jour, découvrirons notre nature et notre mystère ? »

Dans l'impossibilité de pouvoir répondre et si confus que je me sente, je décidai d'arrêter de me hasarder sur ces terrains laborieux et de me remettre au moment présent, laissant aux prochains jours la dure tâche d'improviser le reste à ma place…

14

Au fur et à mesure que le temps passait, ma confusion s'accrut en continuité faute de trouver son chemin. Douteux et incertain, je regardais avec méfiance l'évolution de la situation à Damas, étant donné que ces résolutions politiques, prises à profusion dès le début du conflit n'avaient abouti qu'à semer l'impassibilité et la défiance entre les rangs des Syriens au lieu de l'attente et de l'espérance.

Toutefois, les faits avaient bien trahi mes soupçons cette fois-ci, et après avoir pesé le pour et le contre et calculé les bénéfices et les pertes, la communauté internationale avait l'air bien déterminée à entamer l'écriture du dernier chapitre de la crise syrienne. Et même si cela devrait prendre du temps, les premiers signes d'un changement du rapport de forces et d'une régression du climat sanglant commencèrent déjà à flotter à l'horizon et à se faire sentir d'une façon concrète et tangible dans le pays.

À l'issue de ce compromis retardataire, et grâce au soutien de ses alliés régionaux, le régime syrien, renforçant son pouvoir sur le terrain, avait pu avancer sur une grande partie des zones totalement colonisées par l'opposition, et notamment par les groupes de l'état islamique. Ses drapeaux rouge blanc noir brandis avec fierté avaient bien banni les drapeaux noirs, et leurs yeux verts veillaient, à présent, sur leur victoire !

Quant aux Damascènes, ce fut la libération de Jobar qui marqua le grand changement de leur quotidien. Après avoir été sillonnée et purifiée par l'armée officielle, cette banlieue de terreur ne fut plus le théâtre tapageur empoisonnant ses alentours, mais plutôt un abîme sourd racontant des scènes d'horreur réelles et mal vécues. Plus de projectiles, plus de mortiers, plus de tirs de balles perdues, les Damascènes pouvaient enfin se délecter du confort d'une vie normale, longuement attendue.

On pourrait dire que les combats externes s'atténuèrent progressivement, en espérant qu'ils s'éteindraient bientôt définitivement. Cependant, mon conflit interne était toujours vif et ma furie fut encore attisée. Chaque fois que j'envisageais un retour probable à ma ville d'origine – ne serait-ce que pour une courte visite – une gêne soudaine s'emparait de moi, me ramenant à une charge émotionnelle et à une vie d'antan que je n'étais pas encore prêt à affronter !

Après des années d'incarcération, mon passé, à la fois absent et présent, lointain et proche, inerte et actif, fut abruptement libéré, m'ayant emporté dans son tourbillon, sans repère ni direction, comme une feuille morte balancée par le vent en plein automne. Des souvenirs marquant mon existence, des moments aussi bien futiles que déterminants se succédèrent depuis sur l'écran de ma mémoire, en un authentique montage recelant le film dramatique de ma vie tout entière. Des bêtises d'enfance, des imbécillités d'adolescence, des visages autrefois fréquentés que je pensais avoir oubliés... tous surfaient sur les vagues de mes pensées, s'aventurant à voguer dans la tempête énorme de mon soupir et de mon chagrin. Les lueurs tremblantes des bougies dans l'obscurité des longues nuits d'hiver sans électricité, les blagues frivoles qui nous faisaient éclater de rire lors des marches puériles vers l'école, la magie du toucher de ma mère lors des chutes les plus sévères, le confort des repas familiaux, le luxe d'être juste entouré... tout me manquait et me tourmentait énormément ! La guerre avait tout détruit, plus rien ne me restait là-bas. J'en étais totalement conscient ! Et moi, je préférais mille fois tituber sur les ruines de mes réminiscences à me poser en équilibre sur le socle d'un monde qui n'était plus le mien…

15

Les fêtes de fin d'année approchaient à grands pas. Pour la première fois depuis le début de la guerre, les Damascènes savouraient ces moments de joie et de sérénité avec avidité et impatience. Les rues s'étaient bien préparées, afin de montrer à tout le monde que la flamme de vie ne s'y était jamais éteinte et que l'envie de vivre y était beaucoup plus forte que celle de la mort et de la destruction.

Les sapins géants parsemés sur les parvis des églises prenaient l'allure de somptueux obélisques imposant l'admiration par leur éclat et leur magnificence. Les arbres dénudés se vantaient d'avoir pris les guirlandes scintillantes pour tenues des fêtes, leur épargnant l'aspect miséreux qui leur accompagnait tout au long de l'hiver. Les places de la ville, ornées en excessivité de toutes sortes de décorations furent prêtes à accueillir les différents concerts de Noël, pour le plus grand bonheur des petits et des grands.

J'étais ravi de voir cet aspect fringant et plein de verve, donnant lumière et couleur au quotidien terne de ce peuple souffrant, n'étant pas encore rétabli de la guerre et de ses horreurs. Exalté d'entendre que la vie à Damas avait repris son cours, et que les gens pouvaient enfin profiter de ce qui leur avait été confisqué depuis longtemps.

Pourtant, et comme si le malheur était un plat de saveur s'invitant souvent, sans autorisation, sur les tables des humains, le goût des fêtes de l'autre côté de la Méditerranée n'était pas du tout le même ! Frappées depuis quelques semaines par de fortes manifestations, [5]les rues et les places de la France étaient devenues le spectacle de grands rassemblements, accompagnés de débordements et de déferlements de violence.

La vie parisienne, elle aussi, n'en faisait pas défaut ! Convoitée par toute la planète pour sa belle parure et ses décorations ostentatoires lors des fêtes, elle se vit cette année hésiter à déclarer sa joie et intimidée de s'enorgueillir de sa magnificence, devant son Arc vandalisé et ses Champs attisés.

Je m'étais senti indéniablement concerné par les

---

[5] Le mouvement des gilets jaunes, débutant le 17 novembre 2018, contre la hausse des taxes sur les carburants et la politique sociale et fiscale du gouvernement français.

doléances des Français, tout en étant profondément attristé de toute atteinte portée à leurs symboles nationaux – étant devenus les miens – qu'ils soient des monuments, des manifestants ou des membres des forces de l'ordre. J'en parlais même sans cesse avec mes patients, à la manière dont je le faisais à Damas quelques années plus tôt. Réfutant toute raison de croire qu'il y aurait une autre issue à toute crise sociale que le débat fructueux et démocratique, je continuais conjointement à soutenir chaque mouvement débouchant à un changement des piliers de la misère et de la souffrance de ce peuple révolutionnaire, ainsi que tous les peuples du monde.

En fin de compte, et en passant en revue l'histoire humaine depuis son commencement jusqu'à nos jours, il m'était révélé une évidente vérité ; « Tant que nous n'arrivons pas à trouver une adéquate formule de communication entre nous, tant que nous continuons à exprimer et réprimer nos besoins avec un tas d'animosité, nous n'atteindrons jamais l'état d'harmonie et de paix auquel on est censé vivre dès notre création. L'homme fut le même depuis la nuit des temps, que ce soit dans le nord ou dans le sud, dans l'est ou dans l'ouest. Ses aspirations, ses revendications, ses combats et ses dérives aussi se sont avérés les mêmes ! Le défi universel auquel se confronte l'humanité du vingt et unième siècle est d'apprivoiser cette animosité en nous, lutter contre toute tendance à la violence que ce soit dans nos paroles ou dans nos actes, et apprendre à civiliser nos réactions dès la première enfance. »

À l'instar de ce que vivait la France, la situation de mon esprit fut pareillement tendue et critique. Néanmoins mon cœur, lui, ne semblait pas autant embrouillé ! Sa certitude ne cessa de se consolider avec chaque samedi de mobilisation et chaque affrontement qui l'accompagnait. L'affaire était claire à mes yeux ; ma filiation à la France fut plus forte que jamais. Mon ancrage à son sol ne vacilla pas et ma convoitise pour tout autre monde ne se déclencha toujours pas !

16

« Tiraillé entre deux appartenances, assumer ma singularité et ma différence fut à présent le dilemme de mon existence… »

« Le penchant de mon cœur fut clair, serait-il illicite de m'approprier deux terres ? De partager leurs cultures, leurs quotidiens et leur savoir-faire ? »

« Et le blâme de mon esprit, quel fut son mystère ? »

« Une autoaccusation de déni, de détachement de mes origines ! Une réprimande ravageuse, de vouloir fuir mon passé et rompre avec mes racines ! Une insidieuse impression de trahison, d'une ingratitude envers mon pays, mes siens et mes ancêtres ! »

« Que faire ? »

« Serais-je le premier immigré à subir ce calvaire ? À se voir écartelé entre deux identités et deux univers ? Assailli d'innombrables inculpations, égaré sans ordre ni repère ! »

Incarcéré dans mes anarchiques pensées, subissant

cet interrogatoire d'esprit abusif et infondé, demander de l'aide me sembla alors le seul moyen de pouvoir m'extirper de ce tourbillon sans fin, et m'apporter la lueur dont je devais sans doute suivre la lumière…

*

Avec ses grands traits levantins et son accent parlant de soi tel un timbre agréable à déceler, difficile de ne pas deviner l'origine de mon ami Kamil. Un Français de cœur et un Libanais d'origine, ce médecin sexagénaire avait su rendre de sa misère un atout de réussite et une volonté de fer. Installé en France depuis plus de trois décennies, Kamil avait bu de la même coupe que la mienne. Ne parlant pas la langue des armes et de leurs porteurs, ne partageant pas les idées ségrégationnistes de ses frères et sœurs, il s'était vu forcé à partir et à fuir son joli petit pays, scindé par une guerre civile aussi dévastatrice que la nôtre, alors qu'il n'avait que vingt-huit ans.

Se reconnaissant dans mon histoire et m'identifiant dans la sienne, une paternité d'âme et une fraternité de destin s'étaient scellées entre nous, dès la première rencontre.

Le choix de Kamil s'était imposé dans l'horizon de mon esprit par pertinence et par conviction. Outre la similitude de nos deux sorts, Kamil fut depuis toujours

114

connu pour son équanimité, sa sagesse et son omni-science de la vie et de ses vicissitudes. Le fait de partager mon souci avec lui me fit figure de dernier port, lui qui m'était toujours l'exemple, la source d'inspiration et le renfort.

On s'était donné rendez-vous dans le café parisien en bas de chez lui. Lors de ses heures libres, Kamil s'y perdait, en compagnie des unes de ses journaux et de la fumée odoriférante de sa pipe, loyale envers lui depuis des années.

Sitôt arrivé, je m'y étais installé, profitant du retard de mon ami afin de rassembler mes idées et de mettre de l'ordre dans mes chaotiques pensées. Entouré d'un prodigieux paysage et d'une saisissante beauté, la mission que je m'étais assignée n'était pas loin de se voir réalisée ! Sur la place du Trocadéro, l'un des plus beaux joyaux de la capitale française, difficile de ne pas retrouver son esprit perdu et d'égayer son âme fatiguée. Avec la vue époustouflante depuis l'esplanade de Chaillot et l'agréable tapage du flot des touristes enthousiasmés, mon embarquement entre ciel et terre fut assuré, et l'oubli du vacarme de mes intrusives pensées fut éminemment garanti.

Se logeant dans un imposant immeuble hauss-mannien du dix-neuvième siècle, l'appartement de Kamil se situait au cœur du seizième arrondissement de Paris. Offrant une vue imprenable sur la tour Eiffel et donnant directement sur la place du Trocadéro, cette demeure de prestige où cohabitaient gracieusement modernité et antiquité constituait le cadeau ultime et la récompense indéniablement méritée que Kamil s'était offerts au terme de sa longue carrière de médecin et de ses dures années de labeur et de patience invincible.

Adorateur de la Dame de fer[6], Kamil rêvait, dès son débarquement à Paris, de côtoyer sa dulcinée tous les jours et de l'enlacer quotidiennement, aussi bien des yeux que du cœur. Un grand rêve pour un humble immigré, qui pourrait paraître absurde pour les uns ou encore irrationnel pour les autres. Pourtant, à force de persévérance et de volonté d'acier qu'il portait, Kamil avait fini par matérialiser cette chimère et la concrétiser en un vrai accomplissement et en une incontestable réalité.

Apparu de loin, je le regardai s'approcher, en prenant un plaisir à contempler son style hors normes, reflétant l'Orient et l'Occident qui s'étaient mariés en lui ; ce type décontracté à la libanaise, sobre à la française.

Après une réconfortante accolade et de chaleureuses retrouvailles, il gagna sa place en face de moi, sortit sa fidèle pipe, commanda son café habituel bien serré, me laissant ainsi le temps de décider par où je voulais

---

[6] La Dame de fer : surnom de la tour Eiffel.

commencer et par quoi je comptais finir.

Bien que Kamil ait une brève idée du sujet de notre rencontre, le fait de divulguer mes doutes et mes hantises, à cœur ouvert face à lui, me demanda une placidité que je peinais à retrouver. Étant tout à fait conscient, et de façon à marquer son soutien infaillible, il me serra fort la main et m'anticipa :

— Les premiers mots sont les plus durs à sortir. Commence par les plus pertinents et pesants, le reste ne tardera pas à venir.

Après une courte hésitation, je repris ma force et décidai d'attaquer sur le plus déstabilisant de mes supplices ; **mon malaise identitaire**. Ce torrent de questionnements qui s'était brusquement déclenché et significativement exacerbé avec le déclin de la guerre en Syrie.

Tout au long de mon épanchement, Kamil m'écoutait d'un cœur ouvert et avec un intérêt décelable. Une fois que j'eus terminé, il s'accorda un moment de silence en prenant son temps à préparer et remplir du tabac dans le fourreau de sa pipe ; une pause que j'avais appréciée et trouvée bien apaisante, après la contraignante évacuation de ma charge émotionnelle et mentale.

Ayant fini son occupation, il tira longuement et à plusieurs reprises sur sa pipe, comme si à chaque bouffée inhalée il puisait dans sa mémoire, y retirait l'essentiel et en rechargeait son esprit. Et avec chaque souffle exhalé, il parfumait l'atmosphère et en pavait le chemin pour les pensées et les paroles qu'il allait dire :

— Tout ce que tu ressens, cher Amir est la conséquence normale de ce que tu as subi ! Car dans la vie, il y a des épreuves dont on ne sort jamais indemne ! Des tournants décisifs et des transformations invasives qui ne nous laissent pas les mêmes ! Et si le passé que tu as vécu comportait trois des pires de ces épreuves ; la guerre, la mort et l'exil, quel en serait le résultat ? Comment voudrais-tu en sortir ?

Jamais comme avant !

Amir avant la guerre n'est pas Amir après la guerre ! Amir avant la mort de son frère n'est pas Amir après sa mort ! Et de même, Amir avant l'exil n'est pas du tout celui d'après ! Il en est sorti avec des traces, des cicatrices et des changements bien évidemment !

Le déclin de la guerre en Syrie n'était en effet que la sonnette d'alarme qui t'a réveillé et a décelé ta profonde transformation. Et c'est juste là la cause de ton bouleversement ; un nouvel Amir avec de nouvelles aspirations, de nouvelles priorités, de nouveaux attachements, de nouvelles appartenances et bien sûr une nouvelle identité dont il ignorait la présence !

Si tu n'apprends pas à reconnaître, comprendre et à te réconcilier avec ce nouvel Amir, à l'accepter tel qu'il est ; **un creuset de deux cultures et un puzzle de plusieurs appartenances**, ce nuage d'ambiguïté ne s'estompera pas et tu ne parviendras jamais à assumer ta différence !

Une courte halte, Kamil inhala à nouveau de sa pipe, reprit le cours de ses pensées et poursuivit aussitôt d'une voix éraillée par l'émotion et la fumée :

— Le malaise d'identité dont tu me parlais est une étape obligatoire et essentielle dans la vie de chaque immigré. Moi-même je l'ai vécu avant de le comprendre, accepter son inévitabilité et le dépasser. D'ailleurs pas juste moi et toi Amir, tous ces gens que tu vois autour de nous, étrangers d'origine ou Gaulois soient-ils, se sont déjà interrogés, au moins une fois dans leur vie, sur leur vraie identité. Car l'identité n'est pas juste l'appartenance à tel ou tel pays, c'est l'ensemble des qualités constamment changeables et affectables, qui dessinent notre personnalité et notre être tout au long de notre vie. L'identité acquise avec la naissance est frêle, fragile, elle se mue et se transforme en continu, à l'infini. Chaque nouvel attachement, peu importe sa nature ; un attachement à un pays, à une personne, à une idée, à un parti politique, à un courant spirituel ou religieux, à une nouvelle habitude... et la liste est loin d'être exhaustive, aboutit de toute évidence à un changement de notre personnalité et alors de notre identité !

Il marqua un silence de façon à souligner l'importance sur ce qu'il allait ajouter :

— Et c'est exactement ce que ton amour et ton attachement à la France ont fait naître en toi ; une nouvelle appartenance ! Une appartenance de cœur, un lien d'âme, qui est mille fois plus solide et plus profonde que toute autre appartenance dite traditionnelle. Quelles que soient ta race, ta couleur, ton identité d'origine… quand l'amour et l'attachement opèrent, ils transgressent les définitions conventionnelles de l'identité et abolissent les factices frontières dessinées par l'homme !

En appartenant à la France, tu ne nies jamais tes origines Amir, elles resteront toujours tes racines qui t'ancreront à la terre, et la France sera la branche qui t'accrochera au ciel. »

La pertinence de ce que je venais d'entendre et la sincérité de ces précieux conseils avaient bien trouvé la résonnance de leur écho dans le creux de mon être. Ne m'étant pas encore enivré de cette source pure de sagesse, j'en cherchai le plein en lui demandant d'une voix reflétant toute la désespérance que je ressentais :

— Tu as raison, Kamil ! La Syrie est le berceau de mon enfance et la France m'a octroyé une nouvelle chance de me reconstruire et de devenir la meilleure version d'Amir. J'en suis tout à fait reconnaissant, moi qui m'acharnais contre toute idée d'éloignement ! Pourtant, au fond de moi, j'éprouve un sentiment fort d'inconfort, d'ingratitude envers les miens, ceux qui se trouvent parsemés dans des camps inappropriés à la vie humaine ! Que faire et je ne suis qu'un grain de sable dans le désert ?

— Dans les ténèbres de l'esprit de chacun d'entre nous, il y a des zones qui sont jusqu'à présent inexplorées, inconnues, dans l'attente d'une profonde et sereine prospection, afin de les pénétrer et de les dépoussiérer. Dès lors que ton esprit sera complètement limpide et en totale entente avec ton cœur, tu découvriras la réponse à ta question. Tout ce que je peux te conseiller Amir, c'est de puiser à l'intérieur de toi, d'écouter ton intuition, suivre ses pulsions. Écarte le raisonnement et le jugement de ton esprit. Car une fois la passerelle entre esprit et cœur ouverte, toute la voie devant soi sera illuminée et on saura bien saisir sa destinée. »

Entre la connaissance et la sagesse, le choix paraîtrait parfois difficile, mais chez Kamil, l'égalité était parfaite et je n'avais qu'à en servir. Un immigré levantin ayant réussi à combiner, en toute harmonie, l'ensemble des éléments de son être, afin d'en sortir une nouvelle identité, cohérente en soi, fière de son unicité, s'alimentant de sa richesse et de sa terre féconde dans sa quête incessante vers les sommets…

17

Chaotiques, désorientées, mes idées sur ma propre identité et ma vraie appartenance ne me fourvoyèrent plus dans le doute et l'ambiguïté. À maintes reprises, j'avais ruminé les propos de Kamil dans ma tête. Je les avais démantelés, mot par mot et les avait façonnés à nouveau, afin de pouvoir en déduire l'essentiel sur le sujet ligotant mon existence :

"Qui suis-je ?"

Une question aussi simple que compliquée, englobant en elle de grands termes étroitement entreliés ; **l'immigration, la patrie, l'appartenance et l'identité.**

Ce n'est qu'en désintégrant cette question, l'analysant et la recomposant, que je pourrais en concevoir une perception claire et précise sur ma nouvelle personnalité. Une perception reflétant mes convictions, mes ressentis, bâtie sur mon vécu traumatisant, fondée au vu des dernières années de ma vie, marquées par la guerre et l'éloignement. En l'adoptant, j'allais pouvoir comprendre le nouvel Amir que j'étais devenu, le réconcilier avec moi, l'émanciper de son mal-être persistant et l'accompagner vers la paix de l'âme et de l'esprit dont il avait égaré le chemin.

*

Extensif, ramifiant, le terme d'**immigration** occupait le centre de mes pensées fraîchement organisées. Avec les énormes mutations et les profondes évolutions qu'elle avait engendrées dans mon esprit, mon immigration avait joué un rôle primordial dans mon exploration et ma compréhension des autres termes. Elle avait créé une désorientation dans la façon dont je percevais ma propre identité. Le fait de m'installer et de vivre en France pour si longtemps, avec le grand changement qui en avait découlé, l'immigration avait bouleversé mes modes de vie, jusqu'au moment où ils m'avaient paru aussi étranges que familiers, mais loin d'être comparables à ceux d'auparavant.

M'ouvrir à un monde différent, apprendre sa langue, sa culture, ses valeurs et ses habitudes, ne m'était guère sans effets. Cela m'avait ancré l'attachement à cette nouvelle terre. Un sentiment si bien dissimulé que je n'ai débusqué qu'une fois que je m'étais résolu à choisir ! Et ce fut là où la question de ma vraie appartenance avait fait surface.

L'appartenance partagée, divisée entre deux pays, celui de mes origines et la France, ce fut ce que par la suite j'avais commencé à éprouver ; je vivais entre deux mondes, aux bornes des deux, j'appartenais aux deux et je subissais bien le mal du pays envers l'un ou l'autre !

Pour d'autres personnes, la double appartenance pourrait être mal vécue, déstabilisante, contraignante et frustrante, l'ultime cause de tout échec et le socle d'un mal-être insoutenable. Mais pour moi, et sans nul doute pour beaucoup d'autres, l'appartenance partagée se montrerait encourageante, stimulante, défiante, à l'origine de mon succès et de ma brillance.

En parallèle, ma notion de **patrie** avait changé avec ma nouvelle appartenance. Elle ne me fut plus juste la terre où je suis né, d'où je suis originaire. Elle me fut plus ample, plus vaste. Elle s'étendait au pays que j'aime, auquel je m'intègre et dans lequel je m'englobe, je me fonds, je me sens tellement bien et ne suis plus étranger.

Ma nouvelle définition de **la patrie** se résumait dorénavant en quatre mots : "**Le pays du cœur**".

« Et si j'avais deux pays de cœur ? »

Ce fut juste en face de cette vérité si flamboyante, que j'avais révisé ma conception de **l'identité**. J'avais saisi qu'elle ne n'était pas l'empreinte personnelle immuable une fois créée, et qu'elle changerait parallèlement avec notre transformation intérieure et extérieure.

« **Unique, différente, mon identité** est constamment modifiable, car elle est fabriquée de l'ensemble de mes expériences, de tous mes vécus. Elle est la somme des divers constituants qui m'avaient construit et qui me reconstruiront tout au long de mon existence. »

« Identité unique, appartenances partagées, doubles patries, c'est moi, Amir ». Ce fut ma réponse éloquente sur l'insistante question "Qui suis-je ?"

« Plus déboussolé, plus désorienté, je m'assume, m'accepte et me présente tel que je suis. »

Le travail laborieux sur la mise en ordre de mes idées s'acheva en une vision claire et précise de ma nouvelle identité. Cette grande exploration de moi m'avait été tellement bénéfique et m'avait éclairci la vue sur un univers m'étant jusqu'à présent équivoque et inconcevable.

Un large sourire victorieux s'empara de mon visage et dégagea l'ombre d'hésitation et d'incertitude y demeurant depuis longtemps…

18

À la lumière de ma dernière investigation inédite et impulsive de moi, je pourrais en toute fierté dire que la hantise et la confusion avec lesquelles je vivais auparavant égareraient dorénavant le chemin. Après avoir été longuement intimidée et opprimée, cette voix incitante que l'on appelle "Intuition" s'était brusquement déchaînée. Désormais libre, elle savait bien se faire entendre. Elle s'exprimait largement, sans retenue, sur ce qu'elle souhaitait me faire parvenir depuis quelques mois.

Mon histoire, mon chagrin, mon éloignement avaient fait pousser en moi de nouvelles graines ; ma vocation fut de les semer là où elles trouveraient un terrain fécond, les hybrider, les faire grandir et de donner de leurs fruits à ceux qui en auraient besoin.

« Guidé, déterminé, appuyé sur mon savoir et mon métier, je vais pouvoir réaliser cette nouvelle aspiration et ce nouvel objectif.

Et même si je n'avais pas pu secourir mon frère… même si je n'avais pas pu éradiquer la guerre… même si je n'avais pas pu vivre sur deux terres… qui dirait que je ne pourrais pas faire autrement ?

Je vais pouvoir me venger pour toi Nidal, pour moi et pour tous les affligés du monde. Pour la première fois de ma vie, je suis si sûr de mon choix, je l'assume et j'en suis pleinement satisfait ! »

Le message fut parfaitement lisible, la vue fut si limpide :

« Si l'on ne pouvait pas combattre la misère par les armes, abolissons les frontières et accablons-la par les actes ! ».

19

Dans la poche intérieure de ma veste se reposait en toute tranquillité la carte d'embarquement que je venais d'imprimer. Une place bien choisie du côté du cœur, afin de me familiariser un peu avec sa présence, de lui accorder ma bénédiction et d'approuver sa quête. En toute franchise, je n'y arrivais pas ! Son infiltration intrusive me gênait, son existence non accueillie m'importunait. Elle s'y était faufilée contre mon gré, en dépit de ma désapprobation ; elle s'y était imposée par devoir et par besoin !

J'avais beau réfléchir avant d'entamer cette démarche, j'en avais bien calculé les risques et les bénéfices. Une telle épreuve devrait être bien préparée auparavant. Me rendre là-bas après toutes ces années, tout ce temps écoulé et tout ce qui s'était passé, comprenait une prise de risque très importante. Un tel voyage me demandait beaucoup de courage, j'en étais conscient ! Ce fut un périple qui allait me ramener à des souvenirs que je craignais, à des doutes et des regrets, à une vie tout entière qui était derrière moi. Je redoutais qu'il m'affaiblisse, j'appréhendais qu'il me prenne au piège des sentiments, qu'il me dissuade d'aller jusqu'au bout dans ce que je comptais faire. Cependant, je savais qu'un tel pèlerinage était une étape incontournable afin d'atteindre le port de la tranquillité et d'y demeurer pour le reste de ma vie.

Dans les rues de Paris, je me laissai perdre, sûrement pas pour la dernière fois. J'y errai sans destination précise. J'y remplis mes yeux jusqu'à l'abondance de cette magnificence.

« Bientôt, mon quotidien ne s'ornera certainement pas de cette beauté, mes jours ne se délecteront pas du luxe de cette sérénité…

Bientôt, je serai parti et bientôt j'y retournerai… ».

TROISIÈME PARTIE

20

Bouger, rouler, accélérer et s'envoler… la réaction de mon cœur s'adapta conjointement au rythme de l'avion décollant. Loin de se rétablir, ses pulsations battirent un record à la vue de sa belle Paris s'éloignant petit à petit, avant de se dissiper complètement dans les nuages.

Essoufflé, je tentai de m'échapper de cette torture émotionnelle, en fermant les yeux en quête de sommeil. Une fois seul avec mon esprit, un autre type de torture prit le relais, et ce fut celui de mes pensées compulsives. Je songeai à ce qui pourrait m'attendre pendant ce voyage minutieusement préparé. Je visualisai dans ma tête une projection supposée de mon pays de l'après-guerre. Les gens, la vie, Damas, seraient-ils comme je les avais quittés, ou pire que tout ce que j'avais pu imaginer ? Je cumulai les prévisions, je compilai les hypothèses, des sentiments contradictoires se mêlèrent dans mon esprit à l'idée de me retrouver sur place.

Serais-je l'enfant perdu, l'anonyme, l'étranger ou plutôt l'accueilli, le bienvenu, le reconnu ?

Tout confus que j'étais, la voix délicate de l'hôtesse du vol me réveilla soudainement de ma distraction en me demandant gentiment si je souhaitais quelque chose à boire. J'acquiesçai d'un signe de ma tête et je lui priai d'avoir un verre de whisky sec, non allongé. À l'accoutumée, je n'étais pas un grand consommateur d'alcool. Cependant, à voir la situation tourmentée dans laquelle je m'étais retrouvé dès le début de ce vol, je crus que le fait d'en prendre un petit verre pourrait m'apporter secours, dans le but de me détendre voire dormir si possible.

L'heure de la vérité s'approchait, le pilote nous annonça le début de l'atterrissage vers Damas. Après avoir bu un mélange diversifié de spiritueux, je parvins à la fin à m'accorder quelques dizaines de minutes de sommeil, agitées et intermittentes.

Étourdi, encore une fois je n'épargnai aucun effort afin de gérer un mal-être général, soutenu par un désastreux état d'esprit, dû à l'excès d'alcool avalé et à la vague réalité qui m'attendait juste à la sortie de l'avion !

21

L'aéroport de Damas semblait comme je l'avais quitté depuis plus de cinq ans. Pas de changement manifeste, pas de détérioration ni de rénovation non plus. À ce que je m'en souvenais, le hall des arrivées était presque le même, et les quelques comptoirs destinés au tamponnage des passeports, avec leurs fonctionnaires en uniforme officiel de couleur kaki, n'échappaient pas à la règle.

Dépassant la queue, j'avais le privilège de ne pas perdre du temps à attendre les valises, puisque je ne portais qu'un petit bagage à main avec moi. J'en profitai alors et me dirigeai directement vers la sortie.

Des larmes de joie et des accolades assoiffées accompagnèrent les retrouvailles chaleureuses entre familles. J'éprouvai soudainement le sentiment d'être le seul sans avoir quelqu'un à m'attendre, et cela me causa une montée d'amertume m'étreignant la gorge. Le parlé damascène, largement entendu tout autour de moi, me ramena à l'esprit une sensation étrange, longtemps oubliée, d'être parmi les siens, sur ma terre d'origine, ce que j'appréciai vraiment après tout ce temps d'éloignement.

Sortant de l'aéroport, les mêmes taxis jaunes que je connaissais depuis mon enfance guettaient les arrivées à la recherche insistante d'un client quelconque. Je pus aisément m'en réserver un, dont le compteur, sans surprise, était hors de service ! « Réellement en panne ou délibérément éteint ? » Je décidai de ne pas me prendre la tête et de ne pas demander à avoir plus de clarification, ayant, de toute façon, précédemment prévu de donner au chauffeur plus que le prix affiché ; un geste d'empathie que je trouvais exceptionnellement normal, après tout ce que ce peuple misérable avait dû endurer ces dernières années…

*

Sur ma route, j'avais sur-le-champ pu reconnaître le même chemin menant au centre-ville de Damas, agrémenté par les mêmes barricades des forces de l'ordre, sauf que le nombre de celles-ci était visiblement moins important qu'au moment aigu de la guerre.

Ayant su que c'était ma première visite au pays depuis des années, le chauffeur, excité, essaya à plusieurs reprises d'entretenir une conversation avec moi. Éprouvant instinctivement le désir de me retrouver seul avec mon esprit, ses jugements et ses pensées, chaque fois qu'il le tenta, je ne le lui en laissai pas l'occasion. J'avais tellement envie de découvrir ma Damas à ma façon, à l'improviste, sans qu'aucun récit préliminaire ne s'y mêlât !

Atteignant la ville, je pris aussitôt conscience que la touche de tristesse la couronnant avant mon départ avait de bon gré cédé la place à un aspect plus vivant et grouillant. Cela me soulageait le cœur et me donnait à la fois espoir de voir que la vie avait repris son cours, presque comme elle l'avait toujours été avant la guerre. Des gens partant chacun vers sa destination, des groupes de jeunes plaisantant du côté de la rue, des enfants sortant de l'école retrouvant leurs parents le sourire plein la bouche, des vendeurs pauvres à la sauvette dissimulant subtilement leurs marchandises parmi les passants… tout me sembla parfaitement normal, hormis des trous visibles – toujours non comblés – parsemés sur les immeubles ou dans les rues, rapportant le passage des mortiers et des tirs de balles, ciblées ou perdues, et rappelant les scènes d'horreur et de violence qu'avait vécues la ville et ses habitants. Plus loin, des portraits du président syrien s'étaient vaniteusement dressés sur divers bâtiments, et des dizaines de devantures de magasins avaient été peintes en couleurs rouge, blanc et noir avec deux étoiles vertes au milieu, à l'effigie du drapeau officiel syrien, témoignant d'une loyauté indéfectible au régime vainqueur.

S'approchant du centre-ville, des coups de Klaxon éclatèrent sans retenue, avec une atypique affluence de véhicules, inaccoutumée à cet endroit à ce moment de la journée. En réponse à mes questions et saisissant la chance de se montrer le savant qui connaissait très bien ce dont il parlait, le chauffeur s'attarda volontairement sur le sujet et m'expliqua d'un ton aussi ferme que confiant :

— Oui monsieur, vous avez complètement raison de vous interroger ; le pays n'est pas du tout celui que vous avez quitté ! Même s'il vous semble guéri, il est complètement souffrant ! Beaucoup de choses ont changé, nous aussi nous avons diablement changé !

Il poussa un profond soupir avant de renchérir :

— L'embouteillage, entre autres, est devenu l'une des caractéristiques les plus marquantes de notre quotidien. Avec le nombre croissant de routes barrées et l'énorme montée de la migration, venant tout juste des banlieues voisines, vidées ou détruites, le trafic comme beaucoup d'autres aspects de notre vie a subi une énorme dégradation. Au cours de ces trois dernières années, Damas a atteint un nombre d'habitants jamais connu auparavant. N'ayant pas les moyens, la ville a dû s'accommoder avec cette nouvelle urgence, par des bouchons assez fréquents et une pénurie accrue du gaz et des carburants. Les gens, quant à eux, pour s'en approvisionner, doivent s'inscrire sur une liste d'attente s'étalant sur plusieurs semaines, voire plusieurs mois selon les cas. Mis à part, bien évidemment, le boycott économique qui nous vient de l'extérieur et qui rend la situation dans le pays de plus en plus insoutenable.

Un moment de silence s'ensuivit très vite avec un déchaînement d'aveux :

— Les services fondamentaux ont eux aussi eu leur part de misère, avec un entassement inédit des ordures et des déchets, faute de capacité de contention, tout particulièrement dans les quartiers populaires et les plus modestes. Le rationnement d'eau et d'électricité marque lui aussi nos journées avec des coupures de plus en plus importantes et pour de longues heures d'affilée. Tout cela s'accompagne naturellement d'une augmentation colossale des prix des loyers, de la nourriture et des besoins essentiels…

Une courte halte et il s'apitoya aussitôt d'un ton désolant reflétant son amertume :

— Après la guerre civile, on a dû faire face à une atroce guerre économique et sociale ! Malheureusement, c'est nous – les citoyens – qui en payons le prix !

Il y eut quelques minutes de silence et il conclut

avec un brin d'espoir :

— On livre notre condition à Dieu, car Lui seul a le pouvoir de nous soustraire de cette maudite épreuve et de nous rendre notre dignité perdue et notre vie d'avant !

Les paroles du chauffeur résonnèrent lourdement dans ma tête. Malgré ma réticence préalable contre toute confidence préparatoire, j'appréciai finalement le fait que le chauffeur m'avait éclairé la vue sur une réalité que je croyais loin de ce que je venais d'entendre !

« Quel maléfique sort s'est abattu sur ce pauvre peuple afin qu'il en souffre autant ! Frappé de tous les côtés, il s'est engouffré dans un cercle vicieux dont il ne sait guère s'il en sortira sain et sauf un jour ! » songeai-je en balayant tristement des yeux ce paysage un peu étrange et logiquement prévisible de mon pays de l'après-guerre.

« Fâcheusement, c'est le côté satirique des conflits volontairement attisés comme celui-ci : soit on fuit et on subit, soit on reste et on subit ! Pris en étau entre l'intérieur et l'extérieur, entre la résilience et la fuite, le peuple se trouve dans tous les cas le grand et le seul perdant ! »

Ces mornes réflexions s'emparèrent de mon esprit, tout le reste de mon trajet dans la voiture. Un long moment déjà passé, j'avais complètement oublié mes

craintes et mes doutes concernant l'étape la plus
décisive de mon voyage, m'attendant tout juste au
beau milieu de la route, en face de nous…

22

À l'angle droit de la route, et après avoir payé au chauffeur un prix considérablement loin de ce que j'avais prévu au départ, je descendis du taxi et attendis le dégagement d'une interminable file de voitures avant de pouvoir traverser sereinement sur l'autre côté. Le regard tendu droit vers l'immeuble en face, je profitai de ce moment de patience afin de contempler déplorablement le grand panneau blanc, étalé somptueusement sur les deux imposantes fenêtres s'emparant du premier étage et dominant l'angle gauche de la route.

Rédigées dans une très belle écriture en arabe et en anglais, les lettres rouges et bleues identifiant le propriétaire de ce bien étaient clairement lisibles depuis ma place, malgré une parure poussiéreuse témoignant d'un long abandon et d'un usage lointain.

Dr Amir MANSOUR
Médecin généraliste
Ancien chef de clinique des hôpitaux de Damas.

La maîtrise de soi, que j'avais – avec beaucoup de peine – apprise lors de mon long éloignement, s'écroula sans aucun effort à ma lecture de ces trois lignes. Flageolantes, mes jambes qui ne pouvaient plus me porter réclamèrent mon immédiate retraite. Les premiers signes d'une lâcheté sans précédent se révélèrent l'un après l'autre sans la moindre retenue ; des sueurs froides, accentuées par la sensation d'une chaleur intense me remontant le corps jusqu'au visage, avant de se reposer au niveau de mes tempes qui commencèrent sitôt à pulser.

« Quel choix de fou avais-je décidé de faire ? Me serais-je cru plus résolu que je ne le suis en vrai ? surestimais-je face à un épineux terrain dont j'ignorais le danger ? C'est le moment de fuir, maintenant ou jamais ! » pensai-je, en traversant la route vers ma redoutable destination.

« Quelques fractions de seconde et il me serait après trop tard pour y renoncer. »

Submergé par cette nuée de pensées, je ne prêtai pas attention à l'homme d'en face, avançant droit vers moi et hélant en pleine rue :

— Dr Amir, Dieu merci pour ta sécurité[7] !
Bienvenue chez vous !

Les acclamations d'Elias, le fils aîné de l'épicier
voisin, se firent entendre dans tout le quartier d'Al-
Abed .N'ayant pas l'intention d'attendre ma réaction,
et d'une voix excitée reflétant son contentement de me
voir, il appela tous les commerçants du voisinage :

— Père, Mohammed, Firas, Khaled ! Venez voir
qui est là ! Vous n'allez pas croire vos yeux !

Remarquant ma présence depuis leurs vitrines
étendues tout au long du rez-de-chaussée de mon
immeuble, mes indéfectibles voisins se pressèrent à
sortir et à accueillir, chacun de sa manière l'inattendu
arrivé !

Parmi les accolades et les chaleureuses retrouvailles, le sentiment réconfortant d'être chez moi ne
peinait pas à retrouver sa place. Le fait d'être si
fébrilement reçu refléta un mode de vie parfaitement
oriental, enraciné et hérité dans nos sociétés levantines
depuis des siècles. Chez nous, les relations entre
voisins se développèrent au fil du temps et prirent la
forme de véritables fratries ; café quotidien partagé,
bavardage utile ou futile, solidarité lors des occasions

---

[7] Salutation en arabe, se dit lors d'un retour d'un voyage, ou
d'un rétablissement après une grave maladie ou d'un séjour à
l'hôpital.

de joie ou de mélancolie… rien ne vaut un voisin bienveillant à côté de chez soi !

La volonté de fuir que j'éprouvais un moment plus tôt ne se justifiait plus devant les regards curieux de mes voisins. Avant qu'ils m'aient assailli de leurs interminables questions, j'exprimai poliment le besoin de me retrouver au plus vite dans mon cabinet, ce qu'ils comprirent de bon gré.

Les quelques marches étroites me séparant du premier étage furent là devant moi, et il ne me resta plus qu'à les grimper…

*

Devant la porte en bois de chêne, j'hésitai un moment avant d'engager la clé dans la serrure, cherchant à reprendre un souffle devenant de plus en plus pénible avec la montée ascendante des palpitations de mon cœur.

Baigné dans le noir, je m'apprêtais à redécouvrir un cabinet dont je n'avais pas foulé le sol depuis la mort de Nidal, et dont pourtant je gardais toujours les détails intacts dans ma mémoire. À l'aveuglette, je dirigeai ma main vers l'interrupteur situé au milieu du mur à ma droite. Sans tâtonnements, et d'un seul geste précis, j'arrivai en toute aisance à ouvrir les volets électriques, laissant la lumière du jour pénétrer et draper les meubles en toute générosité et abondance. Une fraction de seconde et chaque objet retrouva son âme perdue, reprenant sa vie d'antan et se montrant fidèle à son propriétaire l'ayant quitté cinq ans plus tôt.

Saisi par les effluves odoriférants de dévouement et de sacrifice, versés dans un travail à la finition parfaite, je sentis la présence plausible de Nidal comme s'il était vivant en chair et en os, se tenant là à mes côtés. Les larmes aux yeux, je m'y laissai guider, suivant mon intuition, en effleurant de ma main tremblante tout ce qui lui tomba dessous.

Avec leurs sièges revêtus en cuir noir, leurs dossiers et leurs accoudoirs en acier chromé, les trois banquettes assorties avec un sol recouvert en pierres naturelles donnaient à la salle d'attente la sobriété et le confort essentiels à la quiétude et au bon accueil des patients. Le comptoir de la secrétaire, bien reposé au coin droit de l'entrée, renfermait dans son tiroir les affaires de son ancienne occupante ; un cahier de rendez-vous, un crayon de papier, deux barres biscuitées au chocolat et quelques miettes aban-données après un gourmant moment de grignotage !

Aussi équipée que fonctionnelle, la salle d'examen, avec son large lit en métal et ses instruments minutieu-sement choisis, signés des noms des plus prestigieuses compagnies médicales, recelait l'histoire de chaque malade y passant et cherchant le soin et le remède qui lui manquait.

La poursuite du dépistage continua avec la plus intime et redoutable salle entre toutes !

À l'élégance contemporaine, opposé directement à la grande fenêtre, entouré de trois somptueux fauteuils en cuir noir et adossé à une imposante bibliothèque occupant l'espace du sol au toit, mon bureau, fabriqué à ma taille, était toujours dans l'attente de son loyal propriétaire. C'était là où, pendant les pauses hâtives entre patients, je jouissais de la compagnie de mon café chaud et de mon encyclopédie médicale. C'était là aussi, lors d'un maudit jour d'été, que j'avais vu ma vie s'écrouler à la suite d'un appel insistant m'annonçant les graves blessures de mon frère !

À la recherche d'un équilibre introuvable, je me laissai m'affaler sur mon fauteuil, ruiné entre la désolation et la déploration. Je ramenai ma tête en arrière et l'effondrai fébrilement sur le dossier du siège, fermai les yeux et revécus minute par minute les détails de cette catastrophique journée.

Un long moment déjà passé, je ne sais pas combien de temps il me fallut avant de reprendre conscience et de retourner au réel. Je ramassai sans attention remarquable les quelques affaires et livres les plus utiles, puis d'un geste appliqué je sortis de mon bagage à main l'ultime objet que j'avais prévu

pour ce moment, afin de pouvoir rompre paisiblement
avec mon passé…

*

Depuis la rue d'Al-Abed, la plaque que j'avais
visiblement pendue sur la rambarde extérieure de la
fenêtre de mon bureau était complètement lisible. Le
dos tourné contre elle et la page noire d'un passé
chargé de déception et d'échecs tournée avec lui.

Bouleversé par la nouvelle qu'il venait d'entendre,
mon voisin, Khaled, n'avait pas pu cacher son désa-
ppointement quand je lui confiai les clés de mon
cabinet. D'un visage ombragé par la tristesse et d'une
voix éraillée par l'émotion, il s'était épanché, en toute
sincérité, me laissant des propos qui resteraient pour
le reste de ma vie parmi les plus difficiles à oublier :

— Cher Amir, je comprends exactement les motifs
qui t'ont poussé à te comporter de la sorte, et ne t'en
veux absolument pas ! Ton malheur est immense, ta
douleur aussi. Je te comprends ! Mais avant que tu
partes une fois pour toutes, tu devrais savoir que tu as
quitté ici un vrai monde qui tient à toi !

Il laissa échapper une larme furtive du coin de son
œil avant de reprendre :

— La main de la haine t'a lâchement rattrapé ! Mais
je suis sûr que tu sauras la vaincre ! Tu vas la vaincre

avec ton pardon, ton pacifisme et ta bienveillance, qui sont d'ailleurs de rares devises dans notre temps actuel. Tu as bien su laisser ta trace dans nos cœurs Amir ! Et celui qui tend ses racines profondément dans la terre finira par en cueillir les fruits !

Des mots auxquels je ne m'attendais pas qui n'avaient fait qu'amplifier mon chagrin. Les mains dans les mains, les bras dans les bras, les larmes mélangées et les cœurs entrelacés, je saluai mes voisins un par et un et m'en allai, le dos lesté, le visage levé et les yeux suspendus là où était à présent écrit : "À VENDRE".

23

La deuxième destination de mon voyage sur les traces de mon passé se situait à 30 minutes à pied de mon cabinet. Vu l'envie persistante de découvrir le nouveau visage de Damas de près et d'éviter un retard prévu dû à la circulation ralentie à cette heure de pointe, j'avais opté pour la marche, étant le moyen de transport le plus sûr, rapide et pratique.

Avec sa grande superficie, ses sept belles fontaines lumineuses et ses six voies comprenant d'importants ministères et bâtiments, la place de Sabaa-Bahrat se flattait d'être l'une des plus importantes places de la capitale syrienne. Érigée par les autorités françaises sous mandat en 1925 à la mémoire d'un capitaine français appelé Gaston Descarpentries, la place de Sabaa-Bahrat était dominée par la somptueuse banque centrale syrienne, un monument emblématique d'une économie aussi bien fragile que ruinée après de longues années de conflits intenses et de sanctions économiques obstinées.

Ornée d'un imposant portrait du président syrien Bachar AL-ASSAD, la couvrant de haut en bas, la façade gauche de cet édifice, là où mes yeux s'étaient contre mon gré fixés, me donna un fort sentiment de perte et de pitié pour nous, Syriens :

« Mais bon sang, qui a gagné à la fin ?! À la fin de cette guerre, qui peut se proclamer vainqueur ?! Le pouvoir, l'opposition, les prétendants "pro régime" ou leurs ultimes adversaires ?! »

La réprobation dégagée suite à cette réflexion, involontairement choisie, se traduisit sur mon corps par une forte crispation des poings et un saillant renfrognement du visage. Contrairement à la photo accrochée en face de moi, je simulai un sourire de dépit banalement soigné, et continuai le reste de mon chemin partagé entre l'envie de protester et la fatalité d'accepter une réalité amère, impossible à changer !

Heureusement, la fraîche brise du printemps était là, afin d'atténuer les effets dramatiques qu'avait laissés cette journée de haute tension sur les muscles fragiles de mon thorax. Je commençai à retrouver une respiration plus ou moins normale, tout en quittant la place de Sabaa-Bahrat et m'engageant sur l'une des plus longues et populeuses artères de la capitale ; la rue de Bagdad.

À l'instar de la place voisine, la rue de Bagdad fut,

elle aussi, construite par les Français lors de leur mandat en Syrie, et nommée ainsi car elle était à l'époque la seule voie terrestre reliant Damas à la capitale irakienne, Bagdad. Comme je l'avais connue, cette rue n'avait pas changé de camp ! Elle était toujours aussi animée qu'accueillante. À vrai dire, si j'avais voulu un échantillon représentant la population damascène dans toutes ses composantes, je n'aurais pas trouvé mieux que cette rue revigorée, intégrant du début à la fin une panoplie dépareillée de mosquées, écoles, hôpitaux, restaurants et magasins divers… encadrant tous deux sens opposés de circulation, envahis de véhicules jour et nuit, et donnant à cette rue son aspect atypique et son importance particulière.

Totalement pris par ce paysage familier, la même question trotta dans ma tête et ne cessa d'y revenir, chaque fois que je voyais une terrasse de restaurant bondée ou une devanture de magasin joliment décorée.

« Comment ce peuple peut-il garder le sourire ?! Comment a-t-il fait pour pouvoir surmonter les monstrueuses tragédies dont il avait été victime ?! Comment réussit-il toujours à survivre avec ce tas de défis politiques, sociaux et économiques le confrontant dans tous les sens au quotidien, sans répit ?! »

À maintes reprises, la même réponse résonna entre les méandres de mon cerveau et se traduisit en quatre mots : "La volonté de vivre !"

« La volonté de vivre est de toute évidence l'arme la plus efficace face à la guerre et ses complices ! » confirmai-je, en admirant ces gens autour de moi.

« Ils peuvent leur voler la vie, les enfants, les maisons et l'argent, le bonheur, l'avenir, la sécurité et la paix… mais personne, personne sur cette terre ne peut leur enlever l'envie de vivre et la volonté de poursuivre ! »

La nuit commença à étaler ses ombres sur les routes de Damas. Peut-être avais-je un peu – ou probablement beaucoup – abusé de mon temps, en vagabondant seul à contempler les passants. Un trajet supposé être accompli en 30 minutes m'avait pris plus de deux heures !

« Qui sait ? D'abord, me demandai-je, suis-je en pleine conscience depuis mon atterrissage dans cette ville afin d'être en mesure de juger ?! »

Tout ce dont j'étais certain était que les cris de mon estomac, hurlant de faim, me percèrent le ventre avant les oreilles et que je devais au plus vite m'arrêter afin de les calmer. Sitôt vu sitôt élu ! Le restaurant de kebab, avec ses odeurs réconfortantes m'attira de loin et m'épargna la charge de choisir ! Des saveurs authentiques d'un plat syrien typique, appelé "chawarma" furent dans l'attente de mon acquiescement, pour m'emmener sur les routes de mon enfance, et une pause-dîner en leur compagnie me fut incontestablement légitime afin de reprendre des forces et de pouvoir me concentrer, en toute sérénité, sur le reste de mon voyage.

*

Mon quartier résidentiel se révéla le même, les mêmes échoppes, les mêmes façades, le même vacarme, mais pas les mêmes figures.

Une fois chez moi, ou là où c'était censé l'être, je fouillai ma boîte à souvenirs. Une fois seul avec mon esprit, je ne me préoccupai plus de mes concitoyens, j'abandonnai la cause nationale et me remis à la charge familiale ! Durant cette nuit qui me fut la dernière dans cette demeure, je n'allais pas dormir ! Les moments précieux n'étaient pas à gaspiller ! Je ressusciterais mon passé, je réanimerais mes réminiscences, j'évoquerais les âmes perdues pour une ultime nuit de condoléances…

Étant le dernier souffle vivant de cette lignée, ce fut à moi qu'incomba la tâche ultime de sauver ses vestiges. Ledit Noé fut moi, et dans l'arche de ma mémoire je devrais rassembler les bribes des images, des histoires, des vécus des miens et les protéger du grand naufrage dans le néant.

« Dans quelques heures, ces murs arides, ces

meubles fades et ces affaires inutiles ne seraient plus les miens ! À l'instar de mon cabinet, je me débarrasserais de ce matériel et je tiendrais au profond et à l'essentiel.

Demain, une fois que j'aurai fini ma dernière tâche, je pourrai enfin déclarer ma réussite.

Et c'est juste là que je dirai une fois pour toutes : adieu… ! »

24

Dépourvu d'encens à brûler et de bougies à allumer, je me contentai de ces quelques fleurs dépareillées, en forme de bouquet, pour venir me recueillir sur la sépulture de ma famille disparue.

Les lamentations intermittentes émanant des quelques nouveaux endeuillés dispersés ici et là, ne correspondirent en aucun cas au tumulte d'une foule croisée en masse, quand, plus jeune, je me rendais ici avec ma famille, une fois par an lors des "Samedi des défunts"[8], élever des prières pour les âmes de mes ancêtres décédés. Dans ce cimetière chrétien, la forme avait peut-être un peu changé, mais l'esprit du respect et de la sobriété était toujours présent, régnant sur les

----

[8] Le Samedi des défunts est une fête des Églises d'Orient célébrée pour commémorer les défunts proches des fidèles, qui durant cette fête viennent aux cimetières rendre visite à leurs morts et y leur déposer des fleurs, bougies et encens.

résidences contiguës des défunts enterrés.

Au pied de la croix en marbre couronnant majestueusement la dalle sculptée des noms de mes chers aimés, je m'étais agenouillé. Les yeux embués et le cœur surchargé, je présentai auprès des miens mon dernier requiem d'amour, de gratitude et de délivrance. Des mots marmonnés des lèvres asséchées, les paroles sortaient de ma bouche, hésitantes, contrariées, repentantes, mais sincères...

« Père, mère et frère... entre moi et vous, la communication ne s'était pas vraiment rompue. Vous êtes dans un autre monde, certes, mais au fond de moi je sens votre présence, aussi réelle et tangible, comme si vous étiez là vivants en chair et sang devant mes yeux.

Lors de la mort de Nidal, assommé sans raisonnement par une bombe rancunière, je me suis mis en deuil infini, en rage et en incompréhension. Un torrent de remords avait jailli dans ma tête emportant avec lui tout rêve d'une trêve et tout espoir d'une accalmie. "Pourquoi est-ce lui le sacrifié et pas moi" ? Une question torturante et insistante ayant transformé mes jours en cauchemars et mes nuits en sanglots. Je me suis donc senti exilé, trahi et délaissé...

J'ai malheureusement appris, de mon propre compte et de la plus cruelle manière, que les leçons les plus importantes de la vie, nous ne les apprenons qu'à travers les plus dures épreuves. Que nous ne valorisons ce qu'on a que lorsqu'il nous a échappé des doigts.

Cependant, et malgré ma furie et ma douleur, je n'avais à aucun moment éprouvé le besoin de me venger, je n'avais point pensé à porter des armes et tourné vers un erroné chemin. Tout au contraire, ses assassins je les ai instinctivement pardonnés, et d'ailleurs, je n'aurais pas pu faire autrement ! Car l'amour que vous m'aviez prodigué et la culture du pardon que vous m'aviez inculquée avaient porté leurs fruits en moi. Parce que l'enfant aimé que vous aviez fièrement bâti ne pouvait être que l'adulte aimant qui ne sait jamais tuer !

Et encore une fois, après un long parcours de convalescence dans un autre pays, après m'être à peine rétabli, j'avais à nouveau perdu mes repères et m'étais retrouvé face à mes doutes, égaré dans ma nouvelle identité et mes plusieurs appartenances…

Un douloureux examen de soi et un profond dépouillement m'ont fallu, avant de pouvoir me comprendre, trouver ma vocation et décider de mon avenir. Au terme de cette prise de conscience, j'ai enfin saisi que le destin ne fait rien au hasard et qu'il doit parfois nous mettre face à de douloureuses épreuves et de rudes expériences, pour pouvoir à la fin concevoir les êtres conscients et attentionnés que nous sommes censés être, pour nous ouvrir les yeux sur l'aspect éphémère de la vie et nous éveiller sur ce qui s'éternise vraiment, sur ce qui compte et reste après notre court passage sur cette terre.

Et voilà, en ce beau jour du printemps, je peux vous dire que le moment des semailles est enfin arrivé ! Je peux vous annoncer ma décision de tendre la main à tous les humains, afin de partager ce que vous m'aviez donné, afin de semer les graines de l'amour, du pardon et de la bienveillance, pour qu'elles fleurissent, fructifient, s'hybrident et s'étendent là où je me rendrai. Partager l'amour, c'est ma meilleure réponse contre la haine et la violence. Venir en aide à mes frères est mon indéfectible arme contre les guerres et ses misères.

Père, mère et frère… Si je suis venu en pèlerinage sur vos traces, c'est pour obtenir votre bénédiction, votre salut et votre soutien dans ce que j'irai faire. Je sais que vous ne résidez pas dans ces trous pourris qui vous sont à présent consacrés et que votre demeure est le vaste univers… Néanmoins, ce hasardeux voyage, là où vous résidiez, là où vous aviez vécu et existé me paraissait indispensable, afin d'évaluer mon courage et ma détermination, chasser ma peur et mon hésitation, et rompre définitivement avec mon passé accablant, m'en émanciper et m'en libérer pour le reste de mon existence.

Père, mère et frère… je pars aujourd'hui, mais je vous porterai en moi, dans mes actes et mes comportements, mes gestes, mes sentiments et ma façon d'être.

Je ne vous dirai pas à bientôt, je vous dirai à chaque seconde, à chaque battement de mon cœur et à chaque souffle de ma vie…

Que votre présence soit éternellement le flambeau éclairant mes voies et guidant mon âme lors de ses nuits les plus sombres.

Je vous aime… »

Une fois que ces confidences furent sorties, la confiance en moi que je peinais à retrouver, vint de se glisser soudainement et en toute subtilité dans mon cœur ; un message divin d'agrément et de soutien, envoyé de l'au-delà en réponse à mes ferventes implorations.

L'esprit léger, je me réjouis d'avoir, avec succès, accompli l'objectif de mon voyage sur ma terre natale et plié, avec ardeur, les obstacles qui entravaient ma quête et oscillaient ma résolution.

L'heure de la vérité approchait…

Je fus à présent prêt à rassembler toutes mes énergies et à concentrer tous mes efforts dans la concrétisation de mon ultime cause et de ma suprême fin…

PARIS, 24 AVRIL 2019

— Monsieur Mansour, êtes-vous bien informé de la nature de votre travail sur le terrain ?

— Oui, de toute évidence !

— Après un scrupuleux examen de votre dossier et de votre lettre de motivation, je peux vous dire que votre profil est bien recherché. Votre candidature nous intéresse et j'espère bien qu'on pourra coopérer bientôt.

— J'en suis ravi !

— Comme vous le savez, cet entretien téléphonique est si important avant le recrutement final, dans notre bureau à Genève. Il est primordial d'évaluer les motivations de votre décision, avant de passer à l'étape suivante. Compte tenu des aléas auxquels vous serez confronté, il me semble utile de vous demander, pour la dernière fois : êtes-vous sûr de votre choix ?

— J'en suis tout à fait sûr et conscient !

— Parfait ! Il faut savoir à quoi s'attendre ! Votre engagement comprendra des prises de risques constantes, ainsi qu'un changement important de votre mode de vie actuel et des environnements complètement différents de ceux auxquels vous êtes habitué !

— Vous pouvez compter sur moi. Je serai à la hauteur du travail que vous me confierez !

— Impeccable ! Au terme de notre appel, j'ai le plaisir de vous annoncer que votre candidature a pour le moment bien été acceptée. Vous serez ultérieurement contacté, afin de fixer la date de l'entretien final, en direct, avec notre chargé de recrutement. À la fin duquel, une séance d'intégration vous sera proposée, afin de vous familiariser avec notre équipe, comprendre notre mode de fonctionnement et notre culture. Elle vous donne ainsi la possibilité de rencontrer et d'échanger avec nos personnels les plus expérimentés. Cette séance sera suivie par des formations plus techniques, desquelles vous aurez certainement besoin avant votre premier départ sur le terrain.

— J'y suis prêt !

— Dans une dernière étape, une mission adaptée à votre profil vous sera proposée. En cas d'accord de votre part, vous en recevrez tous les détails ainsi que toutes les informations nécessaires concernant le contexte qui vous attend sur place.

— Très bien.

— Est-ce que tout est clair M. Mansour ?

— Oui, absolument !

— N'hésitez pas à nous contacter pour toutes autres interrogations. À très bientôt dans notre bureau !

— Je vous remercie, à bientôt !

LETTRE DE MOTIVATION

Parce que l'amour est sans frontières…
Parce que l'humanité est sans frontières…
Je rejoins Médecins sans Frontières.

Parce que le malheur ravage le monde…
Parce la peur, la haine, la méfiance de l'autre inondent…
Parce que la loi de la force prospère…
Je rejoins Médecin sans Frontières…

Parce qu'il nous faut plus de livres que d'armes…
Parce qu'il nous faut plus de silence que de vacarme…
Parce qu'il nous faut plus de médecins que d'émissaires…
Je rejoins Médecins sans Frontières.

Parce que vivre en dignité est un droit universel…
Parce que la souffrance de l'autre m'interpelle…

Parce qu'un enfant est toujours innocent, qui que soit son père…

Je rejoins Médecins sans Frontières.

Parce que l'on peut combattre l'animosité par la bienveillance…

Parce qu'aider est un besoin et une urgence…

Parce que parfois les soins sont précaires…

Je rejoins Médecins sans Frontières.

Parce que donner est sans fin et aimer est au-delà des confins…

Parce que défendre la paix est notre plus grand défi et notre suprême dessein…

Parce que la justice prévaut à tout autre critère…

Je rejoins Médecins sans Frontières.

Parce qu'apporter son grain de sable est une exigence…

Parce que chacun de sa place peut faire la différence…

Parce qu'en œuvrant ensemble on change la terre…

Je rejoins Médecin sans Frontières…

Parce que je suis médecin au premier abord…

Parce que je suis victime d'une guerre en plein

essor…

Parce que votre travail me représente au fond de mon être…

Je suis Médecin sans Frontières…

Amir MANSOUR

ÉPILOGUE

La guerre en Syrie a fait des centaines de milliers de morts et d'invalides. Plus de la moitié de la population a dû fuir ! Entre exilés, déportés à l'intérieur du pays et réfugiés disséminés entre pays voisins et le reste du monde, les moyens économiques, l'éducation et parfois la chance font seuls la différence ! Une infrastructure dévastée, un bilan économique en ruine et la plus grande crise humanitaire s'annonce sans précédent, depuis la Seconde Guerre mondiale ! Une grande majorité d'un peuple à l'âge de l'humanité, dont presque la moitié sont des enfants, se trouve dans une situation de précarité totale et vit à présent en dessous du seuil de pauvreté !

Agir, c'est avant tout prendre sa part de responsabilité, arrêter d'armer, fomenter les conflits, cesser de dénoncer, déplorer et regarder avec dépit.

Agir, c'est œuvrer pour la fin des guerres, ne pas

en être complice ! Rendre à ces gens leur dignité perdue, leurs vies et leur terre.

Agir, c'est aider les réfugiés à rentrer chez eux, se reconstruire et s'éduquer, avant de les nourrir dans des camps aux conditions de vie rudimentaires !

Agir, c'est s'évertuer à ce que tous les pays puissent vivre en paix. C'est le plus grand défi de notre humanité… soyons-en à la hauteur…

CLARIFICATION

Le roman écrit dans ce livre est inspiré de faits réels et d'un quotidien survécu. Un récit des moments et des sentiments, éprouvés et relatés des bouches de leurs propres protagonistes. Des détails que l'on ne trouve pas dans les journaux et les reportages rédigés en mots soignés et en langue soutenue. Un petit éclairage sur ce que les Damascènes, tout particulièrement, ont subi dans une ville, où les combats n'ont pas pris de forme manifeste et apparente.

Il ne représente en aucun cas une documentation de guerre ni une position déclarée en faveur d'une partie ou d'une autre du conflit.

La souffrance et les tragédies de cette guerre n'ont épargné aucune personne ! Chaque famille syrienne en était victime et a eu sa part de pertes (humaines, morales ou physiques…).

Si on voulait raconter tout le malheur vécu, toutes les exactions commises par toutes les parties du conflit, on aurait besoin de centaines de milliers de pages et on n'aurait peut-être pas fini !

À PROPOS DE L'AUTEUR

Née à Damas en Syrie, Razane Mardini est pharmacienne, écrivain, partageant sa vie entre Dubai et Paris. Entre deux rives, son premier roman, publié en langue française, est une épopée émotionnelle tentant de décortiquer les questions existentielles sur l'identité et l'appartenance qu'un émigré tourmenté pourrait se poser.